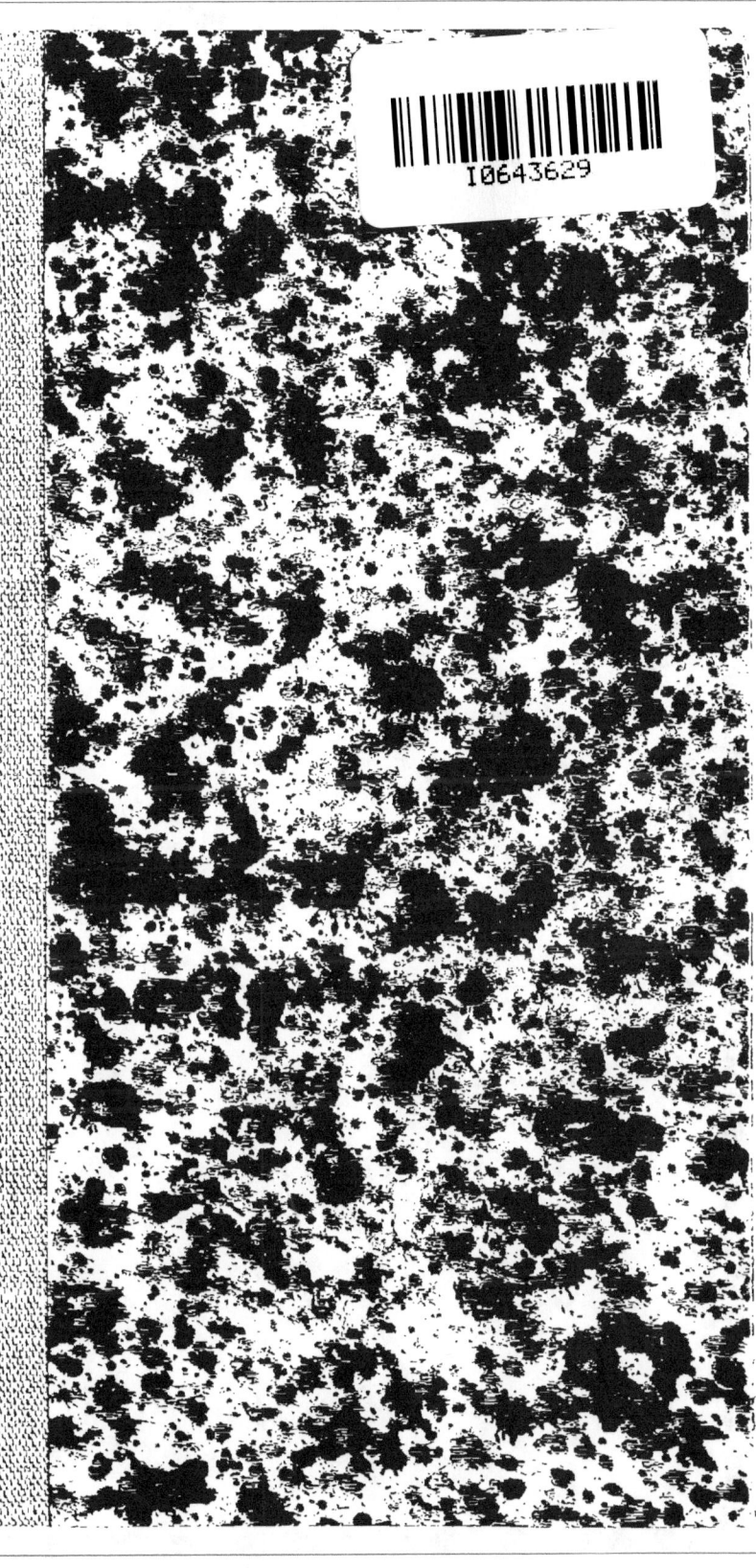

# SOUVENIRS
# DE FEMME

PAR

## MARIA BOGOR

PARIS

SANDOZ ET FISCHBACHER, ÉDITEURS,

33, RUE DE SEINE, 33.

—

# SOUVENIRS DE FEMME

IMPRIMERIE EUGÈNE HEUTTE ET C<sup>e</sup>, A SAINT-GERMAIN.

# SOUVENIRS

# DE FEMME

PAR

MARIA BOGOR

## PARIS

SANDOZ ET FISCHBACHER, ÉDITEURS,

33, RUE DE SEINE, 33.

—

A MADEMOISELLE

# ADRIENNE LOUDON.

A vous, Adrienne, ces premières pages écrites au retour de Java. Qu'elles soient pour vous un double souvenir.

Java, c'est le coin de terre, — beau entre tous, — où votre âme d'enfant s'est transformée en jeune fille, belle par l'intelligence et grande par le cœur.

Java, c'est aussi le sol de la patrie que votre père a si noblement servie.

A ce double souvenir, ajoutez quelquefois le mien, et que le nom dont est signé ce livre reste toujours pour vous celui d'une amie.

MARIA BOGOR.

Paris, ce 15 septembre 1875.

# LA ROSE DE MENTON

C'était l'hiver après la guerre.

La jolie petite ville de Menton, d'ordinaire si peuplée pendant la saison, ne comptait cette fois que peu d'étrangers. Seuls les malades lui étaient restés fidèles. Ils avaient paru l'un après l'autre, venant y chercher, comme toujours, de l'air et du soleil.

Au milieu de ces pauvres poitrinaires, la tête idéale d'un jeune homme d'une trentaine d'années à peine frappait tout d'abord le regard.

La coupe énergique de son visage, gracieusement modelé pourtant ; ses yeux grands,
bien fendus, de ce brun presque noir, chaud,
velouté, qui caresse et séduit ; sa bouche
ferme, aux lèvres finement arquées ; son
nez aquilin ; ses cheveux noirs, brillants et
soyeux ; sa barbe épaisse, noire aussi ; la
blancheur mate de son teint ; son front puissant, d'une pureté classique ; une physionomie mobile trahissant jusqu'aux moindres
émotions, tout en lui semblait fait pour atti-
rer, plaire et attacher davantage à mesure
que l'on comprenait mieux la noble nature
que revêtait cette poétique enveloppe destinée à gagner toutes les sympathies, comme
il en est de ces êtres charmants, hommes ou
femmes, que l'on ne peut s'empêcher de contempler en les voyant passer et que l'on aime
presque sans les connaître.

Il marchait chaque matin au bord de la
mer, appuyé sur le bras d'un ami, se traî-

nant avec effort au soleil et y trouvant la force de vivre encore un peu.

Parfois il s'arrêtait, respirant avec peine, et une toux saccadée soulevait sa poitrine. Alors il se laissait aller avec abandon sur l'épaule de son guide, capitaine des chasseurs d'Afrique, dont l'air martial, le teint hâlé, les membres robustes, contrastaient péniblement avec la faiblesse du malade soutenu par lui avec cette sollicitude tendre et presque maternelle que les natures viriles possèdent souvent à un si haut degré.

Raoul Karnac, — c'était le nom du jeune homme, — était Breton, fils de magistrat et avocat lui-même. D'une intelligence rare, il avait fait de brillantes études, et les débuts de sa carrière furent si heureux qu'on le crut destiné à devenir une des gloires du barreau français.

Puis était venue le frapper cette maladie cruelle, héréditaire dans la famille de sa mère. Il fallut cesser le travail, vivre à la campagne en été, dans le Midi pendant l'hiver, renoncer à l'étude, éviter toutes les émotions.

Ce fut un triste changement dans l'existence du jeune homme. Il languit ainsi, plusieurs années de suite, jusqu'au moment de la guerre.

Patriote ardent, les malheurs de la France avaient trouvé un écho douloureux dans son âme ; libéral sincère, démocrate dans le plus noble sens du mot, son cœur avait gémi des erreurs de la Commune ; une ombre de mélancolie plus profonde avait imprimé son sceau sur son front grave, et plus que jamais il vivait à l'écart, ne voyant que quelques intimes et fuyant la société des étrangers.

Un matin, par hasard, son ami, au lieu de se promener avec lui au bord de la mer comme d'habitude, l'avait mené dans la direction du chemin de fer, au moment de l'arrivée du train de Nice. Ils avançaient lentement dans la grande allée de platanes qui conduit de la gare au pont jeté sur le torrent.

Tout à coup une voiture passa à côté d'eux et un frais éclat de rire fit lever les yeux aux promeneurs. Deux dames étaient assises au fond; un gros homme, type gentilhomme campagnard, se tenait en face d'elles. La plus jeune des voyageuses, se penchant hors de la portière avec une gaieté tout enfantine, répéta son rire argentin entrecoupé de paroles brèves qu'elle adressait à son amie. Dans ce brusque mouvement, elle laissa entrevoir à nos promeneurs solitaires une de ces délicieuses têtes dont on ne sait dire au juste ce qui les rend belles, mais dont le charme est pénétrant, visages frais et gracieux, semblables à un rayon de soleil vivant que l'on regarde avec plaisir et dont le sourire fait du bien.

— Quelle ravissante enfant ! dit le chasseur

d'Afrique, Frédéric Dacier, tandis que l'é-
quipage s'éloignait au galop.

— Elle tient de l'enfant et de la femme
tout à la fois, répondit Raoul Karnac. Cette
petite tête de lionne, toute mutine cependant,
a du caractère, et beaucoup même.

— Tiens! comment sais-tu cela, toi? tu
ne l'as aperçue qu'un instant.

— Assez pour être sûr qu'elle a des yeux
adorables, je ne sais trop de quelle couleur
changeante, indécise, mais des yeux comme
je n'en ai jamais vu.

— Ah ça! tu ne vas pas devenir amoureux de la belle inconnue, j'espère?

— Amoureux, moi! hélas!... tu plaisantes.
Les malades ne sont pas faits pour l'amour.
L'amour veut des sourires, et je souffre, moi!..

A ce moment nos deux amis furent ac-
costés par un troisième personnage.

— Bonjour, Raoul, dit celui-ci, comment
te sens-tu ce matin, mon bon ?

Et il tendait à Raoul Karnac une main
finement gantée.

— Comme toujours, merci.

— Figure-toi, continua son interlocuteur,
je viens de voir la plus adorable Gretchen
qui ait jamais poussé dans les champs d'ou-
tre-Rhin. Une Allemande qui n'a pas l'air
d'une Allemande du tout, jolie à croquer,
fraîche comme ces délicieux bébés qui jouent
au jardin anglais. Quels yeux ! quelle petite
tête de lionne, avec d'épais cheveux ondulés
flottant capricieusement au vent !

Raoul et Frédéric se regardèrent.

— Une tête de lionne, observa Frédéric,
ce doit être notre inconnue de tout à l'heure.
Et c'est une Allemande, ajouta-t-il en mor-
dant sa moustache avec dépit. Comment le
sais-tu ?

— Tiens, tu la connais donc aussi, toi ?

— Elle vient de passer par ici, arrivant
du chemin de fer.

1.

— C'est ça, précisément. Je sortais de l'hôtel lorsque je vis deux dames descendre de voiture. Elles parlaient allemand. Ce lan-gage chatouilla désagréablement mes oreilles. Je les regardai et aperçus la perle en ques-tion. Comme elle est jolie!... que de grâce! quel sourire! et ces yeux qui vous regardent tout grands ouverts avec une candeur un peu sauvage! Je la verrai ce soir à dîner, à l'hôtel, et elle paraîtra d'autant plus char-mante, comme contraste, dans le voisinage de la belle Brésilienne aux yeux noirs, au teint doré, dont je raffole!

— Tu ne vas pas lui parler, j'espère? in-terrompit Frédéric d'un ton bourru. Tu es Français et c'est une Allemande; cela suffit.

— C'est une femme et moi j'adore les femmes, surtout les jolies femmes. Je déteste les Prussiens autant que vous autres, mais je ne puis pas en vouloir à cette délicieuse enfant d'être née de l'autre côté du Rhin!

— De l'autre côté ! tu oublies l'annexion !

Et le capitaine Dacier fronça le sourcil avec colère.

Tout en parlant ainsi, les promeneurs étaient arrivés à pas lents jusqu'au jardin public.

Raoul, fatigué et un peu excité par la conversation, se laissa tomber sur un banc. Ses yeux entourés d'un cercle noir, brillaient d'un éclat si extraordinaire que le capitaine Dacier lui prit le bras en disant : Tu as la fièvre !

— Oui, répondit-il. Je n'ai pas dormi la nuit passée. Le docteur va me gronder ; je n'aurais pas dû sortir ce matin.

Lucien Verneuil s'éloigna brusquement sans rien dire, et revint quelques minutes après dans la première voiture qu'il avait rencontrée.

— Montons là, fit-il avec une prévenance que l'on n'eût pas attendue d'une nature aussi pétulante que la sienne ; tu ne dois plus marcher, je ne le veux pas.

Et prenant Raoul sous le bras, il l'aida à s'asseoir au fond de la calèche, qui les eut bien vite déposés à l'hôtel.

Le lendemain, à l'heure habituelle, le capitaine était à la porte de son malade, et peu d'instants après, tous deux s'acheminaient vers la plage. Malgré la douceur excessive de la température, Raoul Karnac était enveloppé d'un épais paletot noir qui faisait ressortir d'autant plus la pâleur de marbre de son visage. Il se soutenait à peine et se traînait péniblement au bras de son ami, le chasseur d'Afrique, sans avoir la force de parler.

Tout à coup le même rire, jeune et gracieux, qui l'avait frappé la veille, retentit à une petite distance derrière lui.

Il continua à marcher quelques instants, et se retourna tranquillement pour rebrousser chemin. La brise de mer souleva sa belle

chevelure ; un léger frisson le saisit, et il dit
à demi-voix : J'ai froid.

Il se trouvait alors presque en face de
deux dames qui s'avançaient vers lui de la
direction opposée.

A ce mot : « J'ai froid! » l'une d'elles leva
la tête; c'était l'inconnue de la veille. Cette
fois il eut le temps de la regarder à son aise.
Elle était grande, svelte, gracieuse. Son
buste élégant, bien dessiné par un costume
de velours brun collant, avait dans ses lignes
correctes quelque chose de voluptueux et de
chaste tout à la fois. L'attache de son cou,
un peu fière, faisait paraître d'autant plus
mignonne sa tête charmante, vivante image
et vision enchanteresse de la gaieté expansive et un peu malicieuse. On ne savait trop
si elle était rose ou pâle, car son teint variait
sans cesse, et passait de la nuance délicate
qui rappelle l'églantine des haies, jusqu'au
carmin le plus éclatant. De longs cils noirs

voilaient ses yeux d'un brun clair, presque doré, purs comme des yeux d'enfant. Sa bouche, de grandeur moyenne, aux dents fines et blanches, souriait de ce bon et doux sourire qui indique la franchise et la confiance. Son petit nez, aux narines légèrement ouvertes et frémissantes sous les impressions les plus fugitives, aspirait avec délices le vent de la Méditerranée qui lui apportait comme un vague parfum de fleurs. Elle s'avançait enfonçant à plaisir dans le sable son pied finement chaussé et marchant avec ce balancement gracieux particulier aux créoles.

A mesure qu'elle s'approchait de M. Karnac, sa physionomie changeait visiblement d'expression. Elle ne souriait plus et ses grands yeux, un peu sauvages, se voilèrent d'une ombre de tristesse qui leur donna un instant le reflet bleu des pervenches. Elle regarda le jeune homme en face, avec une candeur ingénue, et cet instinct du cœur qui s'appelle la pitié fit monter à ses joues une rougeur plus vive lorsque son regard rencontra le sien.

— Pauvre jeune homme, dit-elle tout bas à sa compagne, lorsqu'elle eut passé à côté de lui, il a froid, il est malade ! Comme il est beau, n'est-ce pas ?

— Très-beau, mais il se meurt. Il ne verra pas le printemps, cela est bien sûr !

— Que vous êtes méchante de dire cela ! Pourquoi ne vivrait-il pas ? Et elle fit une petite moue d'impatience.

— Comme vous vous intéressez à lui ! Le connaissez-vous ?

— Non, mais il est malade et je le plains.

— C'est un Français.

— Qu'importe ! Je ne déteste pas les Français, moi ; mon patriotisme ne va pas jusqu'à haïr l'ennemi vaincu. D'ailleurs, si je suis Allemande, ma famille est d'origine française ; mes ancêtres ont quitté la France

lors de la révocation de l'édit de Nantes, et
j'ai encore un peu de sang gaulois dans les
veines.

— Tout bon ! mais la révocation de l'édit
de Nantes est bien loin de nous, et...

— Que m'importe !... J'aime tout ce qui
est beau, tout ce qui est bon, tout ce qui est
grand, que cela soit allemand ou français.
Ce jeune homme est beau ; je suis sûre qu'il
est bon ; il souffre, et...

— Et ?...

— Et il me plaît..., là !... ajouta-t-elle
d'un petit ton décidé.

Sa compagne ne répondit rien. Au fond,
elle était du même avis, mais elle avait remarqué que le jeune homme, en passant,
n'avait regardé que la jeune fille et son
amour-propre de femme en souffrait. De là,
la nuance de dépit qui s'était fait jour dans
tout ce dialogue.

Elle était belle, en effet, la comtesse de

Nerly, plus correctement belle peut-être que sa compagne, Julie de Seefried.

Toute sa personne était irréprochable comme formes. C'était une reine majestueuse, fière, faite pour commander et être aimée à genoux. Reine un peu femme pourtant, car dans son petit doigt mignon se cachait certain grain de vanité féminine, de coquetterie innocente, qui ne trahissait que trop la fille d'Ève.

Allemande, elle avait reçu l'éducation sérieuse que l'on donne aux jeunes filles de son pays. Elle était instruite et causait bien. Du bon sens plutôt que de l'esprit, une imagination un peu vaporeuse, un tempérament calme, tous ces dons de la nature contribuaient à filer à la comtesse des jours d'or et de soie que sa beauté et sa richesse ne faisaient qu'embellir.

Elle avait épousé à vingt ans un Français millionnaire. Mariage de convenance, comme

tant d'autres ! Excellente pour son mari, sa
vie était irréprochable. Avait-elle du cœur ?
Il eût été difficile de le dire. Peut-être en-
trait-il une légère nuance de coquetterie dans
sa manière d'être avec les hommes, mais
c'était tout. Femme intelligente, sachant tirer
parti des avantages de sa position, elle aimait
le monde, la toilette, les plaisirs, et cette
existence, pleine de succès pour elle, suffisait
ou, du moins, semblait suffire à ses besoins.

Pendant cette conversation, elles étaient
arrivées à l'extrémité de la plage et avaient
rebroussé chemin. Julia chercha des yeux le
jeune Français et ne le vit plus. Il avait dû
rentrer ; l'heure était trop avancée pour lui.
Un peu de sommeil au milieu du jour était
nécessaire à ses forces épuisées. Elle l'aperçut plus tard à la musique. L'orchestre jouait
*Faust*. A plusieurs reprises, soit hasard, soit
fait exprès, leurs yeux se rencontrèrent, mais
Raoul Karnac se tint à l'écart.

Ses amis étaient auprès de lui.

— Tiens ! s'écria Lucien Verneuil, voilà
ta charmante étrangère là-bas. Comme elle
est jolie dans sa toilette noire, toute simple,
qui le paraît d'autant plus à côté du costume
élégant de sa compagne ! Mais elle ne s'appelle pas Gretchen du tout, mon cher ; son
nom est français, archi-français. Elle se
nomme Julia.

— Comment sais-tu cela ?

— Pardi ! et le dîner d'hier, l'as-tu oublié ?
J'étais tout près d'elle à table, trois ou quatre
couverts entre nous, tout au plus. Sa voix
est aussi douce que son sourire est gracieux ;
c'est une vraie musique. La comtesse lui
parlait, et j'ai entendu qu'elle l'appelait
Julia.

— La comtesse ?

— La comtesse de Nerly est cette belle
personne qui l'accompagne, une amie avec
laquelle elle vient passer la saison ici, et

cette amie est la femme du gros monsieur
que tu as vu hier en voiture avec ces dames.
Un industriel, je crois, malgré son blason.

— Te voilà déjà au courant de tout! Comment diable fais-tu pour être si bien instruit?
interrompit Frédéric Dacier.

— Ne suis-je pas à l'hôtel? Il ne faut pas
être bien malin, va, pour savoir ce qui s'y
passe et qui y arrive. Malheureusement je
n'ai pas de chance, et ma connaissance avec
la jolie Allemande va être une affaire man-
quée pour le quart d'heure. Ils quittent l'hôtel demain. Le gros monsieur a loué la villa
Margherita.

Raoul Karnac n'avait prêté qu'une atten-
tion distraite à ce dialogue. Il suivait des
yeux Julia dont la beauté attirait tous les
regards.

A mesure qu'il l'examinait davantage, il
s'apercevait qu'elle était moins jeune qu'elle
ne lui avait paru au premier moment. Sa

physionomie semblait aussi tout autre que la
veille. Elle écoutait la musique avec une at-
tention sérieuse qui témoignait assez du plaisir qu'elle éprouvait à l'entendre. Ce n'était
pas l'enfant rieuse du matin, à cette heure;
c'était une femme : elle pensait, elle sentait.
Vue ainsi, un observateur attentif lui aurait
donné de vingt-trois à vingt-quatre ans. C'é-
tait, en effet, son âge.

Bientôt un groupe se forma autour de la
comtesse et de sa jeune amie.

Dans un petit endroit comme Menton, les
relations se nouent vite, et dès la veille plusieurs compatriotes de M^{me} de Nerly s'étaient
fait présenter à elle par son mari.

Les admirateurs ne manquaient pas à Julia. Mais sa pensée n'était pas à la causerie.

L'orchestre avait recommencé à jouer, et
cette fois c'était la délicieuse *Berceuse* de
Gounod. Julia suivait la cadence de la musique d'un gracieux mouvement de tête, et

de temps à autre ses paupières se voilaient à demi comme si elle allait s'endormir.

Puis, sortant brusquement de cet assoupissement plein de charme qui berçait sa pensée, elle secoua les boucles épaisses de ses cheveux châtains, et, interpellant la comtesse :

— Comme c'est beau ! dit-elle, et que j'aime cette musique-là !

La comtesse ne lui répondit même pas. Absorbée par la conversation, elle trônait en reine au milieu d'un cercle de courtisans.

Alors Julia, presque heureuse de se voir un instant oubliée, s'appuya paresseusement contre le dossier de sa chaise et se mit à rêver. Tout en rêvant, ses yeux ardents parcouraient l'espace et s'enivraient de lumière. Le ciel d'azur, les flots bleus de la Méditerranée, dont le léger murmure venait, par moments, caresser ses sens; les fleurs épanouies autour d'elle et, jointe à cette harmo-

nie de la nature, l'harmonie de son cœur
jeune et aimant, tout lui faisait trouver le
monde beau : elle souriait à l'avenir. Elle
était si rayonnante ainsi qu'on l'eût prise
pour l'image de la vie et de la joie.

A quelques pas d'elle, le jeune Français
la regardait toujours. Elle, c'était la vie ; lui,
c'était la mort. Et, fatalité étrange, c'était là
ce qui l'attirait vers Julia. Il lui semblait que
son doux sourire de jeune fille était un soleil
aussi vivifiant que le soleil de Dieu.

Pourtant il continuait à se tenir à distance.
Julia était Allemande, il le savait, et bien que
le cœur de Raoul Karnac fût exempt de
préjugés, il en coûtait à son patriotisme
d'entrer en contact avec des étrangers ap-
partenant à la race ennemie.

Il se sentait donc attiré et repoussé tout à
la fois et une lutte silencieuse se livrait entre
sa raison et son cœur.

— Je ne veux pas la connaître, se disait-il,

je ne le veux pas. Et ce monologue fini, il songeait toujours à elle.

Un mois se passa ainsi.

La famille de Nerly se trouvait installée à la villa Margherita, belle construction dans le style italien, qui devait son nom à la profusion de marguerites dont ses pelouses se couvraient au printemps. Elle était située derrière le torrent parallèle à l'allée de platanes dont nous avons parlé au début de notre récit. Après avoir traversé un joli petit parc, on y arrivait par un large escalier de marbre qui conduisait à la terrasse d'entrée ornée des fleurs les plus rares. Un salon richement meublé ouvrait ses fenêtres sur le jardin. La vue y était charmante, l'air délicieux. Tout près de la grille, un mur peu élevé séparait à droite la villa Margherita d'une petite maison blanche cachée dans les arbres, au milieu d'un jardin plus modeste.

Dans les allées étroites de ce jardin, on

voyait quelquefois se promener une toute
jeune femme, frileusement enveloppée d'un
cachemire, et dont la démarche lente trahissait la faiblesse.

Manuela Ruiz,—ainsi se nommait-elle,—
était Andalouse et avait la beauté des femmes de son pays, avec ce je ne sais quoi
d'idéal que la nature semble donner aux
êtres jeunes que la mort va frapper bientôt.
Toute gracieuse, toute mignonne, elle en-
chantait encore plus qu'elle ne plaisait.

Ses beaux cheveux foncés encadraient un
visage pâle si doux et si triste qu'on ne pouvait le voir sans être ému ; ses yeux, large-
ment fendus, que la fièvre faisait paraître
plus grands encore, brillaient d'un tel éclat
qu'on eût dit deux diamants noirs. Toute
son âme était concentrée dans ces yeux faits
pour recevoir les plus ardents baisers de l'a-
mour et que la froide main de la mort allait
fermer pour jamais. C'était une de ces visions

2

célestes où, sous l'enveloppe de la femme, on sent déjà frémir les ailes de l'ange et que l'on craint de toucher de peur de les voir s'envoler.

Manuela avait perdu sa mère au berceau. A quinze ans, son père la maria à un riche Anglais épris de sa beauté. C'était un vieillard. Il emmena sa jeune femme dans les brumes du Nord. Elle y languit comme une fleur transplantée loin du sol natal. Son mari mourut quand il était déjà trop tard pour la sauver elle-même. Elle s'éteignait lentement et elle le savait. Un frère qu'elle aimait tendrement, était venu se fixer auprès d'elle. Il entourait sa jeunesse souffreteuse de tous les soulagements qu'une tendresse prévoyante pouvait lui suggérer.

Manuela avait laissé son titre étranger et repris son simple nom de jeune fille, afin de passer plus inaperçue. Pendant son enfance, son frère l'avait toujours appelée Mignon :

il continuait encore à la nommer ainsi.

Julia regardait souvent Mignon de sa fenêtre. Elle avait remarqué que, chaque fois
qu'elle faisait de la musique, la jeune femme
sortait dans son jardin pour l'entendre.
Julia chantait et sa voix, sans être remar-
quablement cultivée, avait ce timbre vibrant
qui remue les cœurs, cette expression puis-
sante qui remplace le talent et l'emporte
parfois sur lui.

Un jour qu'elle chantait une de ses ro-
mances favorites, une autre voix, moins forte
que la sienne, une voix dans laquelle on
sentait l'effort et peut-être les larmes, acheva
avec elle ce refrain douloureux : « *Comme
on pleure à vingt ans.* »

Julia se leva brusquement et courut à sa
fenêtre. Elle aperçut Mignon qui marchait
aussi vite que le lui permettaient ses forces,
essayant de se sauver, et honteuse d'avoir
été surprise.

A partir de ce matin-là, Julia chanta tous
les jours. Un instinct secret lui disait que sa
musique réjouissait le cœur de la pauvre
condamnée vers laquelle l'attirait une irrésistible sympathie, et qui tantôt la fuyait, tantôt
paraissait vouloir se rapprocher d'elle. Peut-
être aussi aimait-elle Mignon parce que Mignon était malade, et qu'elle lui rappelait un
autre malade dont l'image poursuivait Julia
jusque dans son sommeil.

Jamais elle ne s'endormait sans songer au
pâle visage de Raoul Karnac ; jamais elle
ne s'éveillait sans ouvrir sa fenêtre pour
voir si l'air était doux et s'il allait pouvoir
sortir. Elle ne lui avait point parlé encore
et cependant il lui semblait qu'elle le connaissait et qu'il lui appartenait un peu.

Elle le rencontrait le matin sur la plage,
le soir au jardin public. Quand il passait à
côté d'elle, appuyé sur le bras de son fidèle
ami, il la regardait toujours, et Julia sentait

que ce regard avait pour elle quelque chose
que le regard d'aucun autre homme n'avait
jamais eu. Elle pâlissait alors et baissait les
yeux; son cœur battait plus vite et c'était la
joie qui le faisait tressaillir. Si Raoul Karnac tardait à venir, l'impatience la gagnait :
elle avait peur.

Julia ne riait plus. Son amie, uniquement
occupée des succès que remportait sa beauté,
ne s'apercevait point que la jeune fille per-
dait sa gaieté, et Julia qui ne savait trop
elle-même ce qui se passait dans son âme,
était heureuse de ne pas se voir observée.

Un soir il y avait concert. Les artistes de
Nice se faisaient entendre et toute la société
s'était donné rendez-vous dans la grande
salle de Menton. La comtesse y vint aussi
avec Julia, qui portait pour toute parure une
robe blanche et quelques feuilles de lierre
dans les cheveux. Elle était charmante ainsi.
Au moment où elle entrait dans la salle, un

2.

de ses plus fervents admirateurs s'écria :

— Voyez donc, elle est fraîche comme une rose !

— Oui, répondit son voisin, c'est la rose de notre vallée.

Et ce mot circulant autour d'eux, on ne l'appela plus depuis ce jour que : la rose de Menton.

Lorsqu'elle se fut assise, le premier regard de Julia fit à la hâte le tour de la salle. Elle cherchait évidemment quelqu'un. Son sourcil se fronça un peu en voyant qu'elle regardait en vain et un soupir involontaire s'échappa de sa poitrine.

A cet instant, Frédéric Dacier apparut à l'entrée de la salle, en uniforme, et, à côté de lui, Raoul Karnac, vêtu avec la plus exquise élégance d'un irréprochable costume de salon. C'était la première fois que Julia le voyait ainsi. Il lui sembla qu'il n'avait jamais été si beau. Le matin, à la promenade, c'était le malade ; là, c'était l'homme du monde, type parfait de la distinction.

Elle ne s'aperçut que trop bien que toutes les femmes le regardaient.]

Il s'assit comme toujours à l'écart et parut uniquement occupé du concert.

La soirée musicale terminée, beaucoup d'étrangers restèrent au salon pour causer.

M^me de Nerly fut de ce nombre.

Elle se trouva un instant seule avec Julia. A ce moment Raoul Karnac, après avoir dit quelques mots au capitaine, se leva et traversa lentement la salle.

— Pardon, madame, dit-il en s'inclinant devant la comtesse, si je fais moi-même une démarche qui ne doit pas être différée plus longtemps. Nous sommes trop voisins pour ne pas nous connaître et l'un de mes bons amis, Paul Rivière, devait, ce soir même, solliciter l'honneur de me présenter à vous. Il n'est pas venu. M'autorisez-vous à me pré-

senter moi-même? ajouta-t-il avec un léger
sourire.

— Considérons la présentation comme
toute faite, M. Karnac, et asseyez-vous, répondit gracieusement M^{me} de Nerly. Il y a
longtemps que je vous connais, et je vous ai
trouvé un peu sauvage de n'être pas venu
chez moi plus tôt.

— Sauvage, non madame, mais je suis
malade et c'est là mon excuse.

Et restant toujours debout, il semblait
attendre qu'on le présentât à Julia qui n'osait
lever les yeux.

Il y eut un moment de silence.

M^{me} de Nerly s'aperçut de l'embarras dans
lequel elle mettait la jeune fille.

— M. Karnac, dit-elle, voici mon amie,
M^{lle} Julie de Seefried.

Il s'inclina profondément et Julia lui rendit son salut en accompagnant d'un regard
timide le gracieux mouvement de sa jolie tête.

Elle avait si souvent désiré lui parler, et maintenant qu'il était là, elle ne savait rien lui dire !

S'apercevant de son trouble naïf, Raoul Karnac continua la conversation avec la comtesse, et M<sup>me</sup> de Nerly fut bientôt sous le charme de son esprit, dont les nuances fines et variées n'échappaient point à la femme du monde.

Julia semblait passer inaperçue.

De temps à autre seulement, M. Karnac jetait un regard sur la jeune fille, et ce regard disait bien des choses que ses paroles ne disaient pas.

M<sup>me</sup> de Nerly se leva la première.

— M. Karnac, dit-elle, vous êtes malade et vous paraissez l'oublier. Permettez-moi de vous le rappeler. Je ne me pardonnerais pas la bonne causerie que je viens d'avoir avec vous, si je vous voyais souffrant demain. Allez vous reposer. Les malades sont comme les enfants ; on a le droit de les gronder quand ils ne sont pas sages, n'est-ce pas ?

— Vous avez mille fois raison, madame. Bonsoir.

— Venez me voir chez moi quand vous voudrez, ajouta-t-elle ; il y a de l'ombre dans mon jardin et vous y serez toujours le bienvenu.

— Merci, madame.

Et saluant les deux dames, il se retira.

Le lendemain, il se présenta à la villa Margherita. La comtesse était encore à sa toilette.

En entrant au salon, il vit Julia à demi couchée sur un divan. Elle était si absorbée par la lecture qu'elle n'entendit même pas annoncer M. Karnac. Il fit quelques pas vers elle. Julia tourna la tête, l'aperçut et rougit un peu. Mais, se levant aussitôt avec cette aisance modeste qui donne tant de grâce à la femme du monde :

— Pardon, monsieur, dit-elle simplement, j'étais occupée, ne m'en veuillez pas. Ayez la bonté de vous asseoir, M^{me} de Nerly sera ici dans un instant.

Raoul obéit.

— Vous lisiez, mademoiselle, et je suis importun sans doute. C'est à moi de vous faire des excuses.

— Non, dit-elle sans détour, je suis heureuse de vous voir.

— Est-il permis de vous demander quel livre avait le don de vous intéresser à ce point ?

— Ponsard, répondit-elle.

— Un livre français, fit Raoul en souriant, et un poëte! Vous aimez donc notre littérature?

— Beaucoup.

M. Karnac avait pris le livre en main. Il l'ouvrit à l'endroit où se trouvait la marque, et vit au haut de la page le titre : *Charlotte Corday*.

— Est-ce le hasard ou la prédilection qui
vous a fait choisir cette pièce?

— La prédilection. J'aime Charlotte Corday.

— La tragédie ou le personnage?

— L'une et l'autre.

— Ainsi, dit Raoul en souriant, vous êtes
un peu révolutionnaire?

Julia ne répondit même pas à sa ques-
tion.

— J'aime la tragédie, dit-elle, parce qu'elle
est belle, et j'aime Charlotte Corday parce
qu'elle est grande.

— Vous avez raison. Ponsard a admira-
blement saisi son caractère; à côté de l'hé-
roïne, il a su laisser la femme, la femme
douce, bonne, aimante. C'est pour cela surtout que vous aimez Charlotte, n'est-ce pas?

— Je l'aime, parce qu'elle est simple et
vraie.

M. Karnac regardait Julia avec étonnement. En ce moment la comtesse de Nerly entrait. Elle tendit la main au jeune homme avec son geste de reine.

— La veillée d'hier ne vous a point fait mal, j'espère, dit-elle en lui avançant un grand fauteuil, dans lequel elle insista pour qu'il s'assît.

— Vous me gâtez, madame, observa-t-il avec une nuance de tristesse dans la voix, et vous êtes trop bonne. Mais être gâtés, c'est le privilége des malades, et les gâter est un bonheur pour les cœurs généreux, je le sais; c'est pourquoi j'accepte.

La conversation devint générale.

Puis M. Karnac se retira.

Quand il fut sorti :

— Ce jeune homme est charmant, fit la comtesse en dépliant un journal. Je n'ai jamais vu une tête plus belle que la sienne, et j'ai rarement rencontré dans la société un esprit aussi distingué joint à des manières

3

si exquises. Il doit tourner la tête à toutes les femmes !

Julia se taisait.

— C'est poétique, un malade, continua la comtesse, surtout quand il est aussi beau que celui-là. Être aimée d'un homme qui se meurt, cela a quelque chose d'étrange ; l'aimer et le disputer à la mort elle-même, quelle vie de souffrances, mais aussi quelles puissantes émotions. Je voudrais bien savoir si M. Karnac aime quelqu'un !

A ce mot, Julia sentit dans son cœur une émotion vague, mais douloureuse, quelque chose comme une sourde jalousie, et elle répéta tout bas avec tristesse : Peut-être aime-t-il quelqu'un !

A partir de ce jour, la connaissance entre la famille de Nerly et M. Karnac prit peu à peu un caractère d'intimité qui devint de plus en plus marqué.

Raoul avait voulu présenter ses amis à la

comtesse. Lucien Verneuil ne s'était pas fait prier, mais Frédéric Dacier s'était montré inflexible.

— Puisque tu y tiens, vas-y, avait-il répondu, mais moi je ne veux point connaître d'Allemands.

Et sa résolution resta inébranlable.

Le cercle de M<sup>me</sup> de Nerly était si nombreux que chaque jour, à la promenade, elle avait un ami quelconque pour l'accompagner; on se disputait l'honneur d'être son cavalier.

Cette circonstance permit souvent à Raoul Karnac d'être seul avec Julia.

Tandis que la comtesse, fêtée, entourée d'hommages, faisait sa longue promenade quotidienne au bord de la mer, Raoul, après avoir marché quelque temps à côté d'elle, s'arrangeait pour rester en arrière avec la jeune fille.

Il se plaisait alors à la faire causer.

Sous l'enveloppe rieuse apparue un jour
devant lui, il découvrit ainsi peu à peu
une nature d'élite capable de tout comprendre.

Julia était bien loin d'être savante, mais
elle possédait une pénétration remarquable
et un sentiment exquis du beau. Son âme
devinait les plus sublimes choses de la vie,
car elle avait elle-même cette suprême beauté
que l'on appelle l'harmonie.

Douée d'un instinct profond de l'idéal,
elle était artiste sans avoir cultivé aucun art.
Enfin et surtout, elle était éminemment
femme, dans le plus noble sens du mot, et
c'était là son plus grand charme. Si le sentiment d'une injustice pouvait, à de certaines
heures, éveiller en elle un peu de la lionne
blessée, elle était humble et douce comme
une enfant dès qu'on s'adressait à son cœur.

Elle avait, vis-à-vis de M. Karnac, la simplicité affectueuse qu'elle aurait eue avec un

frère, si elle avait possédé un frère malade
comme lui. Jamais une ombre de coquetterie, jamais une arrière-pensée de vanité
n'entrait dans sa manière d'agir, toujours la
même. Sa sollicitude calme et sereine pré-
voyait tout ce qui pouvait lui faire mal; elle
le soignait sans en avoir l'air.

Comme il n'avait plus le bras de son ami
pour s'appuyer dessus, la fatigue le prenait
plus vite, et il essayait de lutter contre elle.
Si Julia s'en apercevait, elle trouvait mille
prétextes ingénieux pour s'arrêter. Elle marchait à pas lents pour l'obliger à marcher de
même. Si le vent se levait un peu, elle le
priait gentiment de rentrer, et cette prière
avait un ton d'autorité si douce qu'il obéissait
toujours. Mais la jeune fille était surtout admirable de tact, lorsque M. Karnac lui parlait des malheurs de sa patrie. Longtemps il
avait évité ce sujet avec elle. Sa nationalité
allemande lui semblait une barrière entre

elle et lui. Un jour, sur une liste qu'on lui apporta pour une souscription en faveur du « sou des chaumières, » il vit les initiales J. de S.; il devina que c'était elle. Le lendemain, il le lui demanda.

— Pourquoi n'aurais-je pas pitié de ceux que la guerre a ruinés ? répondit-elle simplement. Quand il s'agit de malheur, je ne connais pas de frontières. Je suis une femme, moi, et mon cœur a le droit de pencher un peu du côté des vaincus.

— Vous ne haïssez donc pas la France ?

— Non. J'aime l'Allemagne, parce qu'elle est ma patrie ; je l'aime, car elle a donné au monde de grands génies et de nobles penseurs. J'aime l'Allemagne intelligente, amie du progrès et de la liberté ; je n'aime pas l'Allemagne conquérante.

— Et c'est une Allemande que j'entends parler ainsi !

— Ce n'est pas avec ma nationalité que je

juge les choses ; je les juge avec ma raison
et avec mon cœur.

— Alors, dit Raoul Karnac, vous pour-
riez avoir une sympathie profonde, même
pour un Français?

— Oui, répondit Julia, si ce Français était
un homme de caractère. Des hommes intel-
ligents, on en rencontre souvent dans la vie ;
un vrai caractère est rare dans tous les pays.

— Qu'appelez-vous un vrai caractère?

— J'appelle ainsi un homme qui ne tran-
sige jamais avec sa conscience, qui est le
même toujours et partout.

— Et vous pensez que peu d'hommes
sont ainsi?

— Oui.

M. Karnac ne répondit rien. Il amena la
conversation sur un autre terrain et parla à
Julia de sa famille.

C'était la première fois qu'il prononçait le
nom de sa mère.

— Je suis son fils unique, dit-il tristement.
J'ai une sœur mariée qui a deux enfants,
mais toutes les espérances de la famille
étaient concentrées sur moi.

— Et pourquoi ne le seraient-elles plus ?

— Parce que je ne puis pas vivre, répondit-il.

Julia baissa la tête et sentit que ses paupières devenaient humides.

— Si vous saviez, continua Raoul, comme
c'est horrible, à mon âge, de végéter dans
l'inaction ! Mourir, ce n'est rien ! mais cette
longue agonie !...Quelquefois la fièvre du travail me dévore. Je voudrais agir, être quelque
chose, donner à mon pays ce que je sens de
force dans mon intelligence et de dévouement
dans mon cœur ! Et je suis là, à me traîner
sur le sable, quand la France a besoin pour
se relever de l'énergie de tous ses enfants !

— Je vous comprends, mais il y a l'avenir. Vous guérirez.

— Jamais. Et pourtant depuis quelques jours, il me semble que je vais mieux, que je respire plus librement, que je marche avec moins de peine. Je crois à certains moments qu'une vie nouvelle s'infiltre dans mes veines, que ma jeunesse triomphera de cette maladie cruelle et que Dieu me laissera vivre encore un peu pour mon pays et pour ma mère.

Il fait si bon ici et votre présence me fait tant de bien !

Julia rougit. Elle continua à marcher en silence jusqu'à ce qu'elle eut rejoint M<sup>me</sup> de Nerly qui s'était assise sur un banc à l'ombre.

— Julia, dit la comtesse, je me sens paresseuse et un peu souffrante aujourd'hui. Nous allons rentrer. Je ne sortirai plus de la journée, ma chère, mais il faudra que vous fassiez seule votre promenade en voiture, sans cela mes chevaux deviendront trop fougueux.

— C'est bien.

M. Karnac avait entendu ces derniers mots.

Vers le soir, Julia sortit en calèche. Elle donna au cocher l'ordre d'aller au cap. Quand elle en fut à mi-chemin, son équipage se croisa avec celui de M. Karnac. Il était seul et couché au fond de la voiture. La température, d'une douceur excessive, lui avait permis de sortir à cette heure.

Une seule route conduisait au cap. Julia entendit bientôt qu'une voiture roulait derrière la sienne. Elle n'osa tourner la tête, mais un secret pressentiment lui dit que c'était celle de M. Karnac.

Arrivée à l'extrémité de la plage, elle s'arrêta pour contempler le paysage, un des plus beaux de la Corniche et peut-être un des plus beaux du monde.

A la pointe même du cap s'élève une forêt de pins, épaisse et pleine d'ombre, qui exhale ce parfum vivifiant si doux aux poitrines

malades. Tout près, des buissons de myrte
s'avancent jusqu'au bord des roches grises
dont la teinte délicate fait mieux ressortir la
terre rouge du sol.

Au loin, à gauche, un peu à l'horizon et
gracieusement groupées les unes contre les
autres, on voit les blanches maisons de Bor-
dighera, que baignent les flots bleus de la
Méditerranée; à droite, dans la distance, les
montagnes d'Antibes, et, plus près, Monaco
dominé par la Tête de Chien; devant soi,
l'azur profond et sans fin de cette mer plus
pure qu'un lac, sur laquelle voguent, çà et
là, quelques barques latines aux voiles gon-
flées par la brise. Et si le regard se détourne
de ce spectacle enchanteur pour contempler
le fond du paysage, il aperçoit les cimes nei-
geuses des Alpes maritimes couronnant le
tableau.

Rien ne saurait rendre les teintes harmonieuses, douces, mollement fondues les unes

dans les autres, de cette nature méridionale. Les oliviers, avec leur ombre grisâtre, font mieux ressortir la fraîcheur des orangers, des citronniers et des rosiers sauvages qui s'étendent en haies le long des chemins. Pas un coin de terre qui n'ait sa verdure et où le soleil ne fasse éclore des fleurs ! Aucun bruit ne vient troubler cette fête de la nature. Seul le chant des oiseaux s'entend parfois de distance en distance ; seules les vagues, en se brisant contre les roches grises, répètent ce langage harmonieux des flots qui ne lasse jamais !

Julia oubliait l'heure, elle oubliait la terre. Elle regardait toujours et son être s'élevait peu à peu au-dessus du monde des sensations physiques. La nature a parfois sur nous une puissance à laquelle nous ne savons pas nous arracher. Infinie elle-même, elle nous attire vers l'infini, que cet infini soit appelé par les hommes Dieu ou force créatrice.

A ce moment une voix bien connue vint
la tirer de sa rêverie. Elle tressaillit. M. Karnac se tenait devant la portière de sa calèche.

Son cœur se mit à battre plus vite.

— Il fait si beau, mademoiselle, dit-il en
la saluant avec une nuance de gravité qui ne
lui était pas habituelle, ne voulez-vous pas
descendre de voiture et marcher jusqu'à la
forêt? Les soirées comme celles-ci sont rares,
il faut en jouir tout à fait.

Julia accepta.

Ils s'avancèrent l'un à côté de l'autre jusqu'à la forêt de pins et s'assirent sur la
mousse.

M. Karnac, fermant à demi les yeux, aspirait le parfum des bois comme un malade
longtemps privé d'air. Un sentiment de bien-
être inexprimable s'emparait de lui. Il voulut s'adosser contre un tronc et posa sa tête
sur l'écorce.

Julia prit aussitôt son châle pour en faire

un coussin qu'elle glissa doucement sous ses épaules.

Il serra au passage la main qui lui rendait ce service et la garda dans la sienne.

Julia n'osa la retirer.

Quelques minutes se passèrent ainsi. On eût dit qu'il sommeillait.

Tout à coup il souleva lentement la main de la jeune fille et y déposa un baiser.

Elle tressaillit.

— Mademoiselle, dit-il avec émotion en relevant sa belle tête éclairée des feux du soleil couchant qui dorait encore la cime des arbres, il est des heures de la vie qu'on ne retrouve pas : cette heure-ci est de ce nombre. Nous sommes seuls, seuls devant la nature qui est le plus auguste témoin que Dieu ait donné à l'homme, parce que c'est le plus vrai. Ici les bruits du monde ne viennent pas jusqu'à nous. La société n'a rien à voir dans ces minutes de bonheur que nous accorde la destinée. Nous sommes seuls avec nous-mêmes. Pourquoi ne nous dirions-nous pas l'un à l'autre que nous nous aimons, puisque nos cœurs se le disent tout bas.

Julia pâlit un peu, mais elle garda le silence.

— Oui, continua-t-il, vous savez que je vous aime et je sais aussi que vous m'aimez. Regardez-moi, Julia. Un front de femme aussi pur que le vôtre ne doit pas se baisser devant une parole d'amour. L'amour, c'est le vrai chemin de la vie, toujours ; c'est aussi le beau chemin d'ici-bas, quand il conduit au bonheur. Donnez-moi votre main, Julia ; laissez-moi lire dans vos yeux. Je sais tout ; vous êtes à moi comme je suis à vous.

Et attirant la jeune fille vers lui, il déposa un baiser sur ses longs cils noirs.

— Nous sommes placés dans des circonstances exceptionnelles, continua-t-il, et il est

de mon devoir de parler franchement de notre
avenir dès ce premier jour. Je ne suis pas
riche, Julia, et je suis malade. Si je pouvais
travailler, je n'épouserais personne d'autre
que vous. Mais je ne serai jamais fort et je
dois rester seul dans la vie. L'amour que j'ai
pour vous, illuminera désormais toute mon
existence, et si je guéris un peu, c'est à vous
que je le devrai. Si je meurs, au contraire,
votre image sera la dernière à me sourire et
j'emporterai votre souvenir jusque là-haut.

Je n'ai rien à vous donner : ni rang, ni
fortune, ni joie, et je vous ferai peut-être,
malgré moi, verser bien des larmes. Voulez-
vous quand même de mon amour ?

— Oui, répondit Julia d'une voix ferme.

L'émotion avait épuisé les forces de
M. Karnac. Il fut pris d'un violent accès de
toux et retomba contre le tronc de l'arbre,
pâle comme un mort.

Julia s'agenouilla devant lui, prit ses mains

qu'elle baisa l'une après l'autre, essuya avec
son mouchoir la sueur qui perlait sur le front
du malade, et le regarda avec cette anxiété
silencieuse dont l'expression est si poignante
à voir sur le visage de ceux que nous aimons.

— Julia, dit-il enfin d'une voix faible
comme un souffle, en caressant les cheveux
de la jeune fille, tu es ma fiancée maintenant, et si nous ne pouvons pas être l'un à
l'autre dans ce monde, nos âmes se retrou-
veront là-haut. N'est-ce pas, ma chérie?

La jeune fille laissa glisser doucement sa
tête sur son cœur et resta immobile pendant
quelques secondes.

Il y avait dans son abandon quelque
chose de si chaste que M. Karnac n'osa
même pas l'entourer de ses bras. Il eût
craint de profaner par une étreinte trop vive
la pureté de cette première heure d'amour.

Le jour baissait. Il le fit observer à regret

à Julia, et comme la jeune fille inquiète se levait à la hâte, il la rassura tendrement.

— Julia, lui dit-il, il faut que j'emporte de cette soirée un souvenir qui consacrera le lien dont nous sommes unis désormais.

— Lequel, M. Karnac?

— Monsieur! fit-il en souriant,

— Non..., Raoul, ajouta-t-elle si bas qu'on l'entendit à peine.

— Merci, ma bien-aimée, c'est là ce que j'attendais.

Et ils sortirent de la forêt sans plus parler. M. Karnac fit monter Julia dans sa calèche. Ils échangèrent un serrement de mains silencieux, et la voiture de M<sup>lle</sup> de Seefried partit au galop dans la direction de Menton.

Lorsqu'elle fut rentrée dans sa chambre de jeune fille et qu'elle en eut bien fermé la porte pour ne pas être troublée, Julia se jeta à genoux devant son lit. Elle cacha sa tête entre ses mains, et son cœur, qui débordait d'ivresse, s'épancha en pleurs silencieux.

Julia oubliait tout à cette heure : et l'avenir, et sa patrie, et sa famille, et les lois de la société qui allaient l'obliger à cacher son amour ; elle ne voyait, elle ne comprenait qu'une seule chose : elle était aimée, aimée de cet être beau, intelligent, généreux, devant lequel son humble pensée de femme se prosternait comme devant un dieu. Un mot de lui l'avait transfigurée ; son âme planait au-dessus des félicités et des douleurs de la terre, et tout en elle et autour d'elle lui semblait lumière et harmonie.

Quand elle parut le soir dans le salon de M<sup>me</sup> de Nerly, elle était si belle que la comtesse elle-même resta comme éblouie. C'est que Julia était parée de la suprême couronne de beauté dont la nature ceint le front de la femme pure qui se sent aimée. Les plus doux sourires de l'amour se jouaient sur ses lèvres

roses, car la pensée de Julia n'était point
dans cette salle brillamment éclairée où elle
marchait comme une gracieuse fée venue d'un
monde fantastique, sa pensée était là-bas,
sous les sombres pins, près de la roche
grise où elle avait tressailli au premier baiser
de son bien-aimé.

Pendant six semaines, Julia fut si heureuse
qu'elle croyait n'avoir plus rien à demander
à la vie. Chaque jour elle voyait M. Karnac
pendant des heures. Grâce à l'intimité qui
s'établit à la longue entre gens vivant dans
un contact journalier, elle pouvait se promener avec lui et jouir de sa présence sans
s'exposer à la critique. Ils marchaient ensemble, le matin, sur la plage, se disant de
ces douces paroles qui ne lassent jamais, sublime poésie que comprennent même les
êtres les plus simples, poésie éternellement
jeune et toujours belle.

D'autres fois, profitant d'un moment de

liberté que lui laissait M^me de Nerly, Julia
se sauvait avec lui dans les champs, et ils
cheminaient comme deux enfants, se tenant
par la main et se cueillant l'un à l'autre des
fleurs. Le moindre brin d'herbe que Julia
rapportait ainsi à la maison, elle le serrait comme un trésor, et quand elle attendait trop impatiemment l'heure de revoir
M. Karnac ou que le sommeil ne voulait pas
clore sa paupière parce qu'elle pensait trop
à lui, elle s'en allait tout doucement à son
album, et baisait l'une après l'autre les fleu-
rettes qu'il avait touchées. Mais ce qui faisait
surtout battre le cœur de Julia d'allégresse,
c'est que son amour semblait rendre la vie à
M. Karnac. On eût dit que le souffle pur de
la jeune fille passait dans la poitrine du malade. Le regard de M. Karnac était moins
languissant, sa démarche plus assurée, la
pâleur de son visage devenait moins livide
et, sans rien en oser dire à Julia, il se sur-

prenait parfois à espérer qu'il guérirait.
Alors un désir de vivre puissant, irrésistible,
s'emparait de lui. Il interrogeait son docteur
avec une anxiété fiévreuse où l'espoir le disputait à la crainte. Le bon docteur, étonné
lui-même de ce changement inattendu dans
l'état de son malade, mais prévoyant que ce
mieux apparent ne serait que passager, lui
laissait toutes ses illusions, et chaque jour
une confiance plus ferme en l'avenir s'enra-
cinait dans le cœur du jeune homme.

— Julia, dit-il un matin à son amie en lui
serrant les mains avec une force qui indiquait
assez combien son âme s'agitait à cette pensée..., Julia, si je guérissais!...

Et ses yeux la regardèrent avec une expression de volonté qui semblait dominer le sort.

— Julia, inquiète de cette émotion qu'elle
savait dangereuse pour lui, répondit de sa
voix douce qui avait tant de pouvoir sur
M. Karnac.

— Oui, tu guériras, mon amour, si tu es calme, si tu es sage. Mais il faut être patient, vois-tu ; la vie est longue et nous sommes jeunes !

— Tu as raison, chérie.

Et regardant la mer :

— Ah ! dit-il tristement, si nous étions toujours ensemble ; si nous pouvions vivre là-bas, en Sicile, comme vivent les simples pêcheurs !...

Julia sourit et pourtant son cœur partageait tout bas ce rêve insensé et impossible.

Chaque jour M. Karnac donnait un bouquet de violettes à la jeune fille. N'osant le lui apporter, il venait le déposer furtivement dans un angle du mur, à deux pas de la grille. Julia connaissait l'endroit et allait l'y chercher.

Un matin qu'elle s'en retournait tenant son bouquet à la main, une forme blanche se dressa tout à coup devant elle de l'autre côté du mur. C'était la jeune Andalouse.

— Mademoiselle, dit Mignon, voulez-vous me permettre de me reposer un peu, ici au soleil ?

— Certainement, madame ; mais, je vous en prie, ne restez pas debout. Vous êtes délicate. Venez ici. Je vais vous chercher. Il y y a un banc là, bien près, à côté des rosiers.

Et tout en parlant, Julia avait franchi la grille, traversé le chemin, et était entrée dans le jardin voisin. Elle glissa le bras de M$^{me}$ Ruiz sous le sien et l'amena à pas lents sur le siége rustique dont elle venait de parler.

— Là, dit-elle, n'est-ce pas qu'il fait bon ici ?

— Délicieux, répondit la jeune femme aspirant avec une jouissance visible le parfum des roses-thé qui fleurissaient à deux pas d'elle.

Julia alla lui en cueillir une et la lui tendit.

— Merci, dit-elle avec un charmant sourire, en attachant la fleur à son corsage.

— Comment vous sentez-vous maintenant, madame ?

— Bien, grâce à vous. Mais vous êtes une si charmante garde-malade !

Julia se sentit embarrassée et ne répondit rien.

— Pardon, continua Mᵐᵉ Ruiz, je n'aurais pas dû dire cela ; c'est indiscret.

— Pourquoi ?

— Comme vous êtes simple et pleine de franchise ! fit la jeune femme en s'emparant de la main de Julia. Tenez, je serai franche comme vous. En vous demandant la permission de me reposer près de vous au soleil, j'ai eu recours à un prétexte : je cherchais l'occasion de vous parler, de faire votre connaissance.

— Vous êtes trop bonne, madame.

— Non, ce n'est pas la bonté, c'est la sym-

4

pathie qui m'attire vers vous, une sympathie qui a une raison d'être secrète et que
vous n'avez pu deviner.

— Serais-je indiscrète en vous la demandant, madame?

— Non, puisque je me suis décidée à vous
la dire et que je suis venue pour cela.

Le regard de Julia interrogeait M^{me} Ruiz.

— Regardez-moi, dit tristement la jeune
femme, regardez-moi bien. N'est-ce pas que
j'ai l'air très-malade?

— Oh!... fit Julia, n'osant achever.

— Si, je le sais, je suis condamnée; je
n'ai plus que quelques mois à vivre.

— Pourquoi ces tristes pensées?

— Vous voyez qu'elles me laissent parfai-
tement calme. Je ne tiens pas à la vie et je
n'ai pas peur de la mort.

— Mais vous êtes si jeune!

— Qu'importe, si je ne suis pas heureuse!

Julia se tut.

— N'est-ce pas que vous ne seriez pas jalouse d'une mourante, si elle aimait le même homme que vous ?

Julia jeta à M^me Ruiz un regard interrogateur.

La jeune femme continua :

— Vous aimez M. Karnac, je le sais. Je l'ai vu dès le premier jour où vous lui avez parlé devant moi. L'instinct d'une femme ne trompe jamais en cela. Vous l'aimez et je vous en bénis.

— Madame !

— Écoutez-moi et ne vous troublez pas. Je l'aime, moi aussi, en silence ; il ne le sait pas et ne le saura jamais. Je l'ai aimé parce que je me sentais mourir et que je croyais qu'il allait mourir aussi. Si vous saviez comme on s'attache à ceux qui souffrent, quand on souffre du même mal qu'eux ! Il y a six ans que nous venons ici chaque hiver, six ans que je le regarde dépérir et que je dé-

péris aussi ! Chaque automne, en arrivant,
je crains de ne plus le trouver et de rester
seule ! Je me suis habituée à voir s'éteindre
ainsi nos deux existences, comme des âmes
jumelles, me disant tout bas : Quand nous
serons morts, il saura que je l'aime et peut-
être m'aimera-t-il aussi !

Julia était émue. Son sein se gonflait. Elle
n'osait retirer sa main à M^{me} Ruiz, qui la tenait toujours.

— Mon amour n'était pas égoïste, continua Mignon. C'est parce que je le voyais seul
au monde, sans mère, sans sœur pour le
soigner, que je songeais presque avec soula-
gement que l'heure de la délivrance viendrait
bientôt pour lui. Maintenant que vous l'aimez, je veux qu'il vive et vous le sauverez,
n'est-ce pas ?

Les joues de M^{me} Ruiz, d'ordinaire si pâles,
s'étaient colorées d'un rouge vif; ses yeux
avaient un éclat fiévreux ; ses mains, effilées

et blanches comme la cire, tremblaient vio-
lemment.

Julia, effrayée par cet état de surexci-
tation extraordinaire, ne savait que répondre.

Tout à coup la jeune femme prit la tête
de M^lle de Seefried entre ses deux mains et
déposa sur son front un baiser ardent.

— Ses lèvres se posent quelquefois là, j'en
suis sûre, dit M^me Ruiz, et...

Elle n'acheva point sa phrase.

— N'est-ce pas, continua-t-elle, que vous
l'aimez bien ?... Je sens qu'il vous aime
tant !... Je ne suis pas jalouse, moi, ajouta-
t-elle encore avec un navrant sourire ; mon
amour n'est déjà plus de ce monde ! Mais
promettez-moi, si jamais vous devenez sa
femme, de le rendre bien heureux !

— Je l'aime de toute mon âme, madame,
répondit gravement Julia, et ma vie lui appartient. Quant à l'avenir, il est à Dieu. Ce

4.

n'est pas l'heure des rêves. La réalité est
trop cruelle encore.

— Oh ! non, non, il vivra! vous le guérirez !

Julia baissa la tête et les pleurs, longtemps
refoulés, tombèrent lentement sur son bouquet de violettes, qu'elle serrait convulsivement entre ses doigts.

— Pauvre enfant! fit tendrement M^{me} Ruiz
en entourant de son bras amaigri le cou de la
jeune fille, vous commencez la vie par le
chemin des larmes !

— Je ne donnerais pas ces larmes pour
toutes les joies du monde, répondit Julia en
relevant courageusement le front, puisque
ces larmes, je les verse pour lui.

Et les deux femmes échangèrent une silencieuse étreinte.

— N'est-ce pas, dit enfin M^{me} Ruiz, que
vous viendrez me voir quelquefois, maintenant que vous me connaissez et que vous
savez tout ?

— Je vous le promets.

— Et vous me parlerez de lui?

— De qui vous parlerais-je?

M. Karnac devait passer la soirée chez
Mᵐᵉ de Nerly. Il ne vint pas. Julia, impa-
tiente d'abord, inquiète ensuite, interrogeait
la pendule à chaque instant.

Dix heures sonnèrent. Lucien Verneuil
entra.

— Je vous apporte les excuses de mon ami,
dit-il en s'inclinant devant la comtesse. Il a
été pris d'un léger accès de fièvre dans l'après-
midi; ce n'est rien, mais le docteur a jugé
prudent de le déclarer prisonnier pendant
vingt-quatre heures.

— Je regrette vivement d'être privée de la
société de M. Karnac, répondit Mᵐᵉ de
Nerly avec sa bonne grâce habituelle, et j'espère qu'il sera vite remis.

— Son état n'a absolument rien d'inquié-
tant, répéta à dessein M. Verneuil, en re-

gardant Julia comme s'il était chargé de lui adresser personnellement ces paroles.

Mais Julia sentit bientôt une sourde in-quiétude ronger son sein. Déjà sa conversation avec M^me Ruiz avait donné à son esprit cette vague teinte de mélancolie qui engendre si vite la tristesse. Quand elle vit M^me de Nerly bien engagée dans la conversation, elle sortit sans bruit du salon et alla s'asseoir sur la terrasse, dans l'angle le plus obscur, là où elle se mettait si souvent pour voir arriver de loin M. Karnac.

La nuit était noire. Pas une étoile ne brillait au ciel. Tout était noir aussi dans la pensée de Julia, tout était noir dans son cœur. Il lui semblait que le monde extérieur était l'image de sa propre vie, et que dans cette vie tout était mort et solitude. Pas un rayon de lumière là-haut ; pas une lueur d'espérance dans son âme troublée !

Tout à coup une voix, faible d'abord, plus

vibrante ensuite et bientôt déchirante, chanta
tout près d'elle cet air qu'elle-même chantait si souvent à M. Karnac, et qu'il aimait
tant : « *Ce que je suis en toi.* »

Julia tressaillit. C'était la voix de Mignon.
Elle regarda vers la maison blanche et vit, à
la clarté d'une lampe, la silhouette de la
jeune femme se dessiner derrière la fenêtre
de son salon. La fenêtre s'ouvrit. Une ombre se pencha légèrement au dehors. Et dans
le silence des ténèbres, les sanglots des deux
femmes montèrent ensemble vers Dieu.

Le lendemain Julia se rendit sur la plage
bien avant l'heure habituelle. Elle étouffait
dans sa chambre et ses paupières, brûlées
par l'insomnie et les larmes, avaient besoin
de la brise du matin pour les rafraîchir afin
que Raoul ne vît pas qu'elle avait pleuré.
M^me de Nerly la rejoignit plus tard, fraîche
et souriante comme toujours. S'apercevant
que personne n'était là pour se promener

avec elle, elle en prit bravement son parti
et, glissant son bras sous celui de Julia :

— Allons seules, lui dit-elle, tant pis pour
es retardataires !

Et elles marchèrent quelque temps en
long et en large, ne se parlant presque
pas.

Tout à coup elles aperçurent M. Karnac
qui se traînait vers elles d'un pas si lent qu'il
indiquait assez son état de faiblesse.

Julia eut de la peine à retenir un cri de
joie.

M$^{me}$ de Nerly se hâta d'aller à sa rencontre.

— Vous voilà ressuscité, dit-elle étourdiment, lorsqu'elle fut presque en face de lui.

Mais elle n'acheva point sa phrase. En regardant M. Karnac, elle avait tressailli.

Il était pâle comme la mort. Ses yeux en-
foncés, entourés d'un large cercle noir, faisaient peine à voir. Ses lèvres, contractées
par la souffrance, se crispaient à chaque ins-

tant, et sa poitrine râlait d'un souffle aigu et saccadé.

— Oh! rentrez, fit M^{me} de Nerly, dont le bon cœur s'émut. Prenez mon bras, vous ne pouvez pas marcher seul.

— Merci, madame, répondit-il en essayant de sourire, mais je suis à deux pas de chez moi.

— Alors nous vous accompagnerons.

Julia était presque aussi pâle que lui; elle se sentait défaillir. Ses dents serrées grinçaient par moments sous l'effort convulsif qu'elle faisait afin de paraître calme. Elle marchait comme dans un cauchemar, avançant machinalement sans rien voir autour d'elle.

On arriva à la porte de l'hôtel de M. Karnac.

— Au revoir, dit-il en saluant M^{me} de Nerly.

— Au revoir, dit-il également à Julia à

laquelle il n'avait point encore adressé la parole.

Et il lui tendit la main.

Julia la saisit fiévreusement. Comme elle la serrait, elle sentit M. Karnac déposer quelque chose dans la sienne qu'elle ferma aussitôt.

Ils échangèrent un regard.

M. Karnac disparut.

Quand Julia fut rentrée, elle déplia en tremblant le papier qu'elle avait glissé dans son gant. Il ne contenait que ces mots : « Sois forte, ma bien-aimée ; aie du courage. Je souffre. Peut-être serai-je malade pendant quelques jours. Le médecin craint une de mes anciennes crises. Il vaut mieux que tu saches la vérité. Ne pleure pas trop, ma Julia. Je t'aime et je guérirai. »

C'était la première fois que M. Karnac écrivait à Julia. Elle regarda longtemps, bien longtemps ces traits corrects, mais trem-

blants, qu'il avait tracés pour elle avec effort ;
ses lèvres se posèrent à plusieurs reprises sur
les deux mots : « *Je t'aime* », puis elle cacha
dans son sein le petit papier tout froissé,
tout humide de son souffle.

Julia avait un grand cœur, et les grands
cœurs savent envisager le malheur face à
face.

Dans les premiers enivrements de l'amour,
l'espérance avait pu faire vivre la jeune fille
d'illusions et de rêves.

A cette heure, l'avenir avec sa froide réalité s'ouvrait devant elle : avenir de lutte,
d'angoisse, de douleur. Succomberait-elle
sous le poids de cet avenir ? Marcherait-elle
le front haut et ferme dans le chemin semé
d'épines où l'amour la conduisait ? elle se le
demanda tout bas en frissonnant.

Tandis qu'elle se débattait ainsi contre
l'étreinte d'un doute cruel, l'image pâle, dé-
faite, mais si poétiquement belle de M. Kar-

nac, s'éleva lentement devant elle comme une vision d'un monde idéal. Les mains de Julia, tendues vers cette ombre adorée qui semblait vouloir l'entraîner vers des régions plus hautes où la pensée même n'arrive pas, se joignirent sur sa poitrine dont les battements précipités répondaient à l'appel de son bien-aimé. Un de ces regards d'ange qui disent que la femme accepte tous les sacrifices, illumina le visage de la jeune fille, et elle murmura ces mots : « Oh oui ! je suis à toi !... »

Et depuis ce moment, Julia fut plus calme. Elle songea à tout : à la maladie probable de M. Karnac, à la séparation que le printemps allait bientôt amener pour eux, à l'absence et même à la mort. Dans cette cruelle analyse des événements auxquels elle devait s'attendre, Julia grandit moralement jusqu'à s'élever au courage le plus sublime. Elle voulut que M. Karnac ne pût se douter en rien de

l'agonie de son cœur, et tous ses efforts tendi-
rent désormais à conserver à sa physionomie
ce calme apparent qui réussit, à force de volonté, à tromper même ceux que nous aimons.

Elle ne vit pas M. Karnac pendant une
semaine, mais Lucien Verneuil venait quelquefois donner des nouvelles du malade à
M^me de Nerly. Il allait mieux; bientôt il
pourrait se lever.

Le dimanche suivant, au sortir de la messe,
Julia s'était arrêtée un instant sur le banc du
jardin public où elle s'asseyait si souvent
avec lui. La promenade était déserte.

La jeune fille regardait vaguement devant
elle, comme on le fait si la pensée est ailleurs. Son nom prononcé d'une voix émue
la fit tressaillir.

— Julia !

Elle se redressa avec une impétuosité si
vive qu'elle dut s'appuyer contre le banc
pour ne pas chanceler.

Il était là, devant elle, pâle toujours, mais lui souriant de ce bon et doux sourire qui ouvrait à Julia les portes du ciel.

Elle lui tendit les deux mains sans pouvoir parler.

Il s'assit à côté d'elle.

— Julia ! ma Julia ! ma pauvre enfant ! dit-il en la contemplant avec cette passion ardente et pourtant chaste qui donnait à son langage et à ses caresses quelque chose de si pénétrant.

A l'ombre du bosquet dont les haies de roses blanches les enveloppaient comme d'un voile, la jeune fille inclina pour toute réponse sa tête sur l'épaule de M. Karnac. Leurs lèvres se rencontrèrent. Ils se dirent la joie du revoir dans un long baiser.

L'émotion de cette ivresse passagère fit soudain pâlir le malade. Il retomba sans force et ses yeux se fermèrent comme s'il avait cessé de vivre. Julia étouffa un cri et se jeta sur lui.

A ce moment, l'orgue de la petite église anglaise que l'on distinguait à travers les arbres, entonna un cantique lent, solennel, d'une harmonie si douce qu'on eût dit les soupirs d'une âme d'ange pleurant au ciel les bien-aimés laissés sur la terre.

M. Karnac écouta en silence cette voix de la prière qui répondait si bien à ses secrètes pensées. Quand la dernière note eut cessé de vibrer, il ouvrit lentement les yeux :

— « Si je meurs avant toi, pense que je serai délivré ! » dit-il à Julia, en se soulevant avec effort pour l'entourer de ses bras.

Le visage de Julia resta calme. Un léger frémissement de sa lèvre indiqua seul qu'un trait aigu venait de la frapper au cœur.

Quand elle revit M. Karnac, le lendemain, il tenait à la main un livre qu'il lui tendit. Julia y jeta les yeux : c'était l'*Imitation*. Sur la première page, il avait écrit ce seul mot : *Excelsior.*

Julia le comprit.

— Oui, dit-elle, notre amour n'est point fait pour la terre. Être à toi tout à fait et pour toujours, ce serait l'idéal, et l'idéal n'est pas de ce monde. Merci, mon bien-aimé.

Et elle emporta son livre qui devait, plus tard, être trempé de tant de pleurs.

Pendant la maladie de M. Karnac, Julia, toute à son inquiétude, s'était à peine aperçue que M^me Ruiz ne se promenait plus dans son jardin. Mais ce jour-là, en retournant à la villa, elle fut frappée de voir les jalousies de sa voisine hermétiquement fermées. Émue d'un triste pressentiment, elle se dirigea vers la petite maison blanche, et entra sans bruit dans le corridor du rez-de-chaussée où elle savait que se trouvait la chambre à coucher de la jeune Andalouse.

Le bruit de son pas, si léger pourtant,

troubla le silence de cette demeure où tout semblait endormi malgré l'heure avancée de la matinée. Une porte s'ouvrit avec précaution en face de Julia, et elle aperçut le frère de Mignon qui, sans franchir le seuil, lui fit signe d'approcher. Elle obéit. Ils entrèrent tous deux.

— Mignon? dit Julia d'une voix troublée.

— Elle est bien malade depuis quelques jours. Elle tousse toujours et ne dort plus. Il y a une heure seulement qu'elle repose un peu, après une nuit très-agitée.

— Je voudrais tant la voir! fit Julia, se reprochant tout bas d'avoir oublié les souffrances de son amie dans l'égoïsme de sa propre douleur.

— C'est impossible, je le crains.

— Oh! laissez-moi entrer un instant seulement chez elle; je la regarderai sans rien dire; je ne ferai point de bruit; elle ne se réveillera pas.

En voyant l'insistance presque émue de la jeune fille, M. Ruiz lui permit d'avancer.

Ils traversèrent tous deux le petit salon de Mignon, et M. Ruiz souleva avec précaution la lourde portière qui cachait la chambre de la malade.

La portière retomba sur Julia.

Elle s'avança à pas lents vers le lit de la jeune Andalouse. Mignon sommeillait comme sommeillent les enfants. Les longues tresses, à moitié défaites, de ses cheveux noirs tombaient presque jusqu'à terre : c'était une couronne trop lourde à porter pour le front d'une femme !... Ses cils d'ébène formaient sur ses joues, blanches comme le marbre le plus pur, une frange soyeuse dont les mouvements presque imperceptibles trahissaient cependant la vie. Ses lèvres, un peu entr'ouvertes, comme pour sourire, laissaient échapper un souffle égal et paisible. Sa main droite pendait hors

du lit, plus gracieuse dans ce mol abandon
du sommeil.

Julia n'osait s'approcher d'elle. C'était une
vision si belle qu'on eût voulu ployer le ge-
nou en la contemplant. C'était encore la
femme et c'était déjà l'ange. Elle pouvait encore inspirer l'amour, mais il fallait déjà
l'adorer.

Julia restait toujours immobile, les yeux
fixés sur elle. Tout à coup, dans un de ces
élans du cœur spontanés, irrésistibles, elle
détacha de son corsage un petit bouquet de
violettes que M. Karnac venait de lui donner
et le glissa doucement entre les doigts de l'Es-
pagnole. Retenant son souffle, tremblante,
pâle elle-même, elle s'inclina sur le front de
Mignon et y déposa un baiser.

L'amour heureux venait de donner à l'a-
mour silencieux cette obole de son cœur!

Julia sortit sans plus oser se retourner...

. . . . . . . . . . . . . . . . . . . . . . . . . . . . . .

5.

Deux heures après, quand on entra dans
la chambre de Mignon, elle avait cessé de
vivre. Elle souriait toujours et son bouquet
de violettes était encore entre ses doigts...

. . . . . . . . . . . . . . . . . . . . . . . . . . . . . . . . . . .

M. Karnac allait partir dans un mois. Sa
mère l'appelait auprès d'elle. Le printemps
s'avançait et il commençait à faire trop chaud
pour lui à Menton.

Julia le savait; il ne lui cachait rien. Elle
s'arma de courage pour marcher au-devant
de cette séparation peut-être éternelle.

Dans ces quelques semaines de bonheur
qu'elle pouvait encore lui donner, elle voulut
que rien ne vînt empoisonner pour M. Karnac les heures fugitives de leur vie à deux. La
sérénité avait reparu sur le front de la jeune
fille, une sérénité grave pourtant, car les rêves et les illusions lui avaient dit adieu pour
toujours.

Raoul allait mieux. Le sommeil lui était

revenu et il avait repris assez de force pour
visiter un à un, avec Julia, tous les lieux té-
moins de leur félicité passagère.

Chaque soir, en la quittant, il la regardait
plus tristement, sans rien dire, comme si son
âme s'arrachait d'elle avec effort.

Pauvre Raoul, il avait rencontré sur sa
route le dévouement d'un ange, et ce dévouement, la grandeur même de son amour lui
faisait un devoir sacré de ne pas l'accepter.

Un mot de lui, et Julia consentait à tout.

La médiocrité, la gêne, un avenir précaire,
que lui importaient toutes ces luttes, si
Raoul était à elle! Elle eût passé sans regret sa jeunesse à ses côtés dans les tour-
ments d'une longue et douloureuse maladie.
Mais ce mot, M. Karnac ne devait pas le dire.
La femme qui aime ne calcule pas la grandeur d'un sacrifice; c'est à l'homme aimé à
y songer, si cet homme a du cœur.

Raoul prit donc fermement, vis-à-vis de lui-même, la sévère résolution que lui dictait sa conscience. Julia devait rester pour lui le plus noble, le plus chaste souvenir de sa vie, mais il ne voulait pas que cet amour, qui avait éveillé en elle tout ce qu'il y a de sublime dans l'âme d'une femme pure, brisât à jamais l'existence de sa bien-aimée.

Il allait partir dans deux jours.

Julia avait exprimé le désir de se promener encore une fois avec lui sous les oliviers qu'il aimait tant. Ils s'y étaient donné rendez-vous de bon matin. Tout était calme et paisible à cette heure ; tout était riant et gracieux.

Quand Julia s'avança lentement, frôlant de sa robe les buissons de romarin qui embaumaient l'air, les mains pleines de fleurs des champs qu'elle avait cueillies pour lui, elle l'aperçut couché sur l'herbe, la tête appuyée sur son bras. Il se leva en la voyant venir et

marcha à sa rencontre. Ils se serrèrent silencieusement la main.

— Viens te reposer près de moi, lui dit-il
en faisant asseoir la jeune fille à ses côtés.

Et dénouant son chapeau, il glissa ses
doigts dans ses cheveux bouclés.

Puis, sortant un petit écrin de sa poche, il
en retira un mince cercle d'or qu'il passa au
bras de Julia.

— Je voulais te laisser un souvenir des
mois de bonheur dont nous avons joui ensemble dans cette vallée, lui dit-il.

Si Dieu m'avait rendu la force et la santé,
tu emporterais d'ici un anneau de fiancée,
mais je sais ce que l'avenir me réserve et je
n'ai pas le droit de donner un anneau de
fiançailles à la femme que j'aime.

Ceci est un anneau aussi, ajouta-t-il avec
un amer sourire, en fermant le cercle d'or
qui entourait le poignet de la jeune fille, et
puis, c'est en même temps le signe de l'es-

clavage. Nous sommes tous un peu esclaves :
la femme, de son cœur ; l'homme, de sa destinée !

Julia ne répondit rien et regarda tristement son bracelet.

— Nous voici l'un et l'autre, poursuivit-il,
à la veille d'une nouvelle étape de notre
existence. Encore quelques heures et nos
chemins ne seront plus les mêmes. Dans la
route que je continuerai sans toi, tu resteras
l'ange de mes rêves et je t'aimerai jusqu'à
mon dernier jour. Merci, ma Julia, pour le
bonheur que tu m'as donné. Par toi, j'ai su
tout ce que le cœur d'une femme peut con-
tenir de grandeur et d'amour !

Julia avait détourné la tête et de grosses
larmes tombaient silencieusement dans
l'herbe, derrière sa main qui couvrait ses
yeux.

Raoul vit ces larmes.

— Ne pleure pas, ma bien-aimée, dit-il à

la jeune fille. Ce sont les âmes faibles qui
succombent sous le poids de la douleur. Il
est plus grand de vaincre la souffrance que
de se laisser vaincre par elle.

Écoute-moi, ma chérie. Quand tu seras
loin de moi, tu m'aimeras toujours, mais le
déchirement sourd, aigu, dont nous souf-
frons tous deux à cette heure, s'effacera peu à
peu. Dieu le veut ainsi. Dans ta courte vie
de jeune fille, tu t'es arrêtée un matin pour
donner à un pauvre malade un sourire de
tes lèvres chastes, un rayon de tes yeux d'enfant. Il ne faut pas que ton âme s'enchaîne
pour jamais à ce rêve d'un jour. L'avenir est
à toi, l'avenir immense, l'avenir avec le bonheur dans toute sa plénitude! Nous avons
connu la plus grande joie de la vie : celle
d'une affection pure et désintéressée, mais
notre félicité a été incomplète et précaire. Si
tu veux que je me console un jour de n'avoir
pas pu te rendre heureuse, fais que je ne

meure pas sans voir ma Julia épouse et
mère. Moi je t'ai révélé l'amour : qu'un autre
que ton pauvre Raoul prenne la femme que
j'ai créée et que j'aurais aimée à genoux,
pourvu qu'il comprenne la valeur de l'ange
qui se donnera à lui et qu'il lui rende en
joies ineffables toutes les larmes que cet ange
a versées pour moi !

Il y eut un long, un poignant silence.

— Me promets-tu, Julia, de ne pas sacrifier ton existence à mon souvenir ?

— Je suis à toi et je dois t'obéir, répondit
convulsivement Julia, mais plus tard... bien
plus tard... Il faut d'abord laisser à mon
cœur le temps de s'habituer au vide. On ne
trouve pas deux fois dans sa vie l'idéal !

M. Karnac avait promis à Julia de la voir
encore une fois sur la plage, le matin de son
départ. Il tint parole. C'était l'heure de
l'adieu suprême ; à cette heure on ne se parle
plus. Les deux jeunes gens marchaient l'un

à côté de l'autre, n'osant même pas se regarder de peur de trahir l'émotion qu'ils ne
domptaient que par un violent effort.

M. Karnac tira sa montre. Le train partait dans une heure. Il tourna lentement ses
pas vers la villa Margherita, afin d'accompagner pour la dernière fois Julia jusqu'au seuil
de sa demeure. Tout en marchant, il cueil-
lait le long des haies quelques roses qu'il
tendait à la jeune fille sans rien dire. Elle
les prenait en silence. C'était son dernier
bouquet, à lui !

A une petite distance de la grille, M. Karnac s'arrêta. L'heure de la séparation avait
sonné. Il était pâle et profondément ému.
Julia fut la première à parler.

— Adieu ! dit-elle en lui tendant la main.
Il la regarda avec tant d'amour et tant de
douleur qu'un sanglot convulsif souleva sa
poitrine.

— Adieu ! dit encore Julia.

Et elle cacha son visage dans ses roses pour qu'il ne vît pas ses pleurs.

— Comme tu es grande, toi! s'écria-t-il d'une voix où l'enthousiasme s'unissait à la tendresse. Dieu ne peut pas refuser les plus saintes joies de la vie à une âme de femme comme la tienne. Tu seras heureuse, ma Julia! adieu!

Ils se quittèrent.

Une demi-heure plus tard, Julia était dans sa chambre, lorsque le sifflet aigu du chemin de fer la tira d'une espèce d'abattement presque léthargique dans lequel elle était tombée après le départ de M. Karnac.

Elle se redressa avec un cri déchirant.

Son bouquet de roses s'effeuillait à ses pieds. Julia se jeta dessus comme sur le dernier débris de son bonheur. Elle resta ainsi longtemps, bien longtemps, immobile, froide, comme pétrifiée par la douleur.

Soudain ses yeux s'arrêtèrent sur l'Imitation que lui avait donnée M. Karnac. L'expression de son regard changea brusquement.

Elle ouvrit le livre et vit le mot « *Excelsior* » tracé par la main de celui qu'elle ne devait peut-être plus jamais revoir.

— Oui, plus haut ! dit-elle de cette voix si douce qu'il avait tant chérie. Quand un grand cœur vous aime, il faut être digne de lui !

# VEUVE A VINGT ANS

# VEUVE A VINGT ANS

Vouvray est un joli village bâti sur une hauteur. Un ruisseau bordé de peupliers coule à ses pieds.

A l'extrémité d'une prairie émaillée de myosotis, la Loire parcourt les campagnes en serpentant avec la grâce coquette que lui donne la ceinture de collines, de hameaux et de forêts dont elle est entourée. Au delà du fleuve, le regard s'arrête sur des champs couverts de riches moissons ; puis on aperçoit, au loin, le Cher avec ses verts coteaux.

Le tableau n'a ni la magnificence impo-

sante des Alpes, ni le charme rêveur des
bords du Rhin où la voix du passé fait entendre ses accents poétiques au milieu du
bruit des flots et du murmure des vents dans
les noirs sapins.

C'est encore moins le caractère triste et
passionné des pays du Nord, où le ciel est
plus pâle, où l'homme vit davantage par la
pensée et recherche partout l'infini. Un seul
mot peint la Touraine, et quand on a prononcé ce mot, on a tout dit : c'est un jardin,
un vrai jardin.

Le paysage est mignon, gracieux, enchanteur. Il n'y a ni cascades, ni grottes solitaires, ni antres mystérieux, mais de la fraîcheur
et de la verdure partout : les rochers eux-
mêmes ont un aspect riant et gai.

Souvent, le soir, assise seule sur l'une des
terrasses supérieures du château de l'E..., je
contemple le ravissant panorama qui s'étend
devant moi. A droite, Tours avec sa cathé-

drale antique et ses monuments historiques ;
à gauche et plus loin à l'horizon, Chanteloup,
Amboise, Chenonceaux, Vernon.

Au coucher du soleil, la nature est plus
belle que jamais. Les derniers bruits du jour
se mêlant aux premiers hymnes de la nuit,
s'élèvent ensemble dans les airs. On se tait,
on regarde, on rêve.

Un soir, je m'étais arrêtée plus longtemps
que de coutume sur mon banc de pierre.

Je lisais Victor Hugo et j'adressais à Dieu
ces pages de l'immortel poëte que l'on appelle : « *La Prière pour tous.* »

Je me sentais triste sans trop savoir pourquoi ; une émotion vague, mais pleine d'a-
mertume et de découragement, me serrait
le cœur.

Je me levai ; un sentier s'étendait devant
moi ; je le suivis. Il menait du côté de la
montagne. Je fis le tour de la colline. Un peu
au delà du château de Montcontour, une

haie toute bordée de sureau et de chèvrefeuille me barra le passage. La montagne
descendait à pic, et tout au fond j'aperçus la
plus jolie vallée que puisse rêver un artiste
ou un poëte.

Cette vallée que les gens du pays ont appelée « *la Coquette* » ressemble de loin à un
immense bouquet de fleurs. Les rosiers épa-
nouis dans les jardins des paysans, les ceri-
siers couverts de fruits, quelques tardifs marronniers encore chargés de leur éclatante
parure, mariaient agréablement leurs couleurs.

Tout à l'entour des coteaux, Rochecorbon
étale ses maisonnettes blanches semblables à
autant de nids d'hirondelles cachés dans le
feuillage. Seule avec son petit cimetière, au
milieu de la vallée et complétement isolée
des habitations, s'élève l'église du hameau
dont les flèches dépassent à peine les chênes
séculaires qui l'entourent. C'est une simple

et rustique église. La prière y doit monter à l'aise vers Dieu, sans pompe, sans éclat, avec le calme sublime de la nature.

A ce moment, le soleil l'éclairait de ses rayons de feu et colorait de lueurs tremblantes les croix des tombes.

J'aime les cimetières de village. Je ne sais quelle paix remplit mon cœur dans ces asiles où tout rappelle l'égalité et l'infini. Là cesse l'orgueil qui dans nos villes ne s'arrête même pas sur le seuil des coins de terre où blanchissent nos os. Les monuments somptueux n'y disent pas : j'étais riche, j'étais puissant ! le silence seul est là pour dire au voyageur : pensez et priez !

L'heure s'avançait ; je voulus rentrer. Il me fallait ou rebrousser chemin ou descendre la montagne et passer près du cimetière pour gagner la grand'route : je choisis ce dernier chemin.

Arrivée dans la vallée, je hâtai le pas. Les

mourantes clartés du jour enveloppaient le paysage d'un voile mystérieux. J'étais à deux pas des tombes, lorsque le bruit d'un baiser me fit tourner les yeux. Couché sur le tertre vert, un enfant jouait avec l'herbe et sa main s'inclinait par moments vers sa bouche pour envoyer une caresse à un ami inconnu.

Il était joli, le petit ange. Le bonheur riait dans ses yeux. Ses cheveux frisaient naturellement autour d'un visage hâlé, intelligent et doux. Deux ans et demi au plus, c'était son âge. Il ne m'avait point aperçue et continuait à pousser des cris joyeux.

Je suivis la direction de ses yeux et j'aperçus sur une pierre un moineau qui secouait gaiement les ailes : c'était à lui que l'enfant adressait ses baisers.

Je franchis la grille du cimetière.

— Petit ami, lui dis-je, que fais-tu là seul et si tard?

Je ne songeais pas que l'enfant était trop jeune pour me répondre.

Il sourit et désigna du doigt un saule qui cachait à demi une tombe.

— Maman, bégaya-t-il d'une voix si caressante que je l'embrassai.

Je le pris par la main et le menai vers l'endroit indiqué.

Une jeune femme priait à genoux. Un bouquet de genêts fleuris était déposé sur l'herbe, à ses pieds. Elle portait le costume des veuves. Son front baissé me dérobait ses traits.

Je l'entendis pleurer.

— Maman, répéta l'enfant.

La mère leva les yeux et se tourna vers nous.

Elle avait vingt-deux ans à peine. Ses yeux bleus, encore humides de larmes, étaient mélancoliques et beaux ; sa pâleur, son front pur, un triste sourire plein de grâce

6.

et de résignation, en faisaient un de ces types suaves que comprennent seuls ceux qui recherchent avant tout la beauté de l'âme.

Elle marcha vers moi, prit son enfant dans ses bras et voulut s'en aller après avoir timidement prononcé ce mot : « Merci, madame. »

Un instinct du cœur m'attira vers elle.

— C'est votre fils ? lui dis-je en passant la main sur les cheveux bouclés du petit.

— Oui , répondit-elle en embrassant le chérubin, et sa voix était pleine de larmes.

— Il est bien gentil, ajoutai-je ; combien vous devez l'aimer..., et son père aussi !...

Son père ! j'oubliais sa robe noire et son bonnet de veuve !

— Son père !... répéta la pauvre femme, et son front pâli se baissant encore, elle éclata en sanglots si déchirants que j'en fus vivement attendrie.

Elle se laissa tomber sur l'herbe.

Je m'assis à ses côtés et lui pris les mains en essayant de la consoler.

— Si jeune et déjà veuve ! murmurai-je à demi-voix lorsque je la vis plus calme.

Elle me regarda avec une émotion indescriptible, passa sa main sur ses yeux comme pour effacer la trace de ses larmes, et contempla son enfant avec tant de tendresse que je compris ce qui la faisait vivre.

— Oui, veuve ! me répondit-elle, et j'étais si heureuse ! Mais qu'importe ! ce que Dieu fait est bien fait !... Voyez comme le ciel est beau !...

Et ses yeux se tournèrent vers la voûte éclatante où se levait déjà l'étoile du soir.

Il y avait dans son regard un tel mélange de douleur, d'amour, de résignation, de confiance et d'extase que son émotion me gagna. Certains sentiments se communiquent avec la rapidité de l'éclair ; je sentis que je me trouvais devant une grande âme.

— Vous espérez ? lui dis-je.

— J'espère, fit-elle, j'espère, et cependant il y a des heures où je souffre beaucoup.

— Je le vois et je vous plains.

— Merci, madame; vous êtes bonne, et la pitié qui vient du cœur fait du bien aux malheureux.

— Puisque vous me croyez bonne, voulez-vous me dire en quoi je puis vous être utile ; je serais heureuse de vous venir en aide, si vous avez besoin d'un conseil ou d'ouvrage. Adressez-vous à moi comme à une amie.

— Merci, madame; le travail ne me manque pas; je suis pauvre, mais je gagne assez pour vivre et élever mon enfant. Mon mari était un brave et habile ouvrier ; il a épargné à la sueur de son front le prix de la maison que j'habite; j'ai un potager qui produit une partie de notre nourriture ; mon aiguille fait le reste.

— Il était donc bien bon, votre mari ?

— Oh! madame, si vous saviez tout ce que Dieu avait mis de noblesse dans son cœur!...

Toujours gai à l'ouvrage! toujours serviable envers chacun! jamais un mot de colère! jamais une action injuste!... Et comme il aimait son fils, mon pauvre Charles!... Il était si beau! rien qu'en le regardant, on voyait qu'il ne savait pas mentir et que son âme était toute sincérité et toute tendresse!...

— Vous l'aimiez bien?

—Oh! je l'aimais, je l'aime encore comme il méritait d'être aimé!... C'est à lui que je dois ce que je suis. Il m'a appris à vénérer le travail, à être contente de mon sort, à ne rien envier aux autres. Il aimait tant la nature qu'il m'y a fait découvrir mille beautés que je ne connaissais pas. Pour lui, le soleil, les fleurs, les oiseaux, le vent, la neige, l'orage, avaient des accents mystérieux qui remplissaient son cœur de paix et de bon-

heur, et cette paix, ce bonheur, se chan-
geaient en patience, en douceur et en dévouement pour tous ceux qui l'entouraient.
Ce n'était pourtant qu'un simple ouvrier et
je ne l'ai jamais vu beaucoup lire. Il n'avait
que deux livres : une vieille Bible qui lui·
venait de sa mère et un volume de Béranger. Le soir, à la veillée, il me lisait parfois
ces belles chansons qui font rire et pleurer.
Il aimait Béranger comme on aime un ami.

Pardonnez-moi, madame, dit-elle en s'in-
terrompant tout à coup. Je vous dis cela
parce que ma pensée est si pleine de son
souvenir que mon cœur déborde lorsque j'entends prononcer son nom. J'oubliais que je
vous suis inconnue; il est tard et je vous
arrête. Adieu.

— Non, fis-je en la retenant par la main,
ne partez pas ; parlez encore, vous me faites
du bien. On entend si rarement le langage
de l'âme que l'on s'arrête avec bonheur pour

écouter ses accents lorsque parfois l'écho en vient jusqu'à nous. Ne voulez-vous pas me raconter votre vie ? elle doit être pure et simple comme votre cœur.

— Oh! ma vie, dit la jeune femme, quelques mots la résument. Il n'y a rien de bien extraordinaire dans mon existence ; mes jours, comme ceux de tous les hommes, ont eu leurs sourires et leurs larmes. Ma vie, la voici :

Mon père était cultivateur. Nous avions une ferme à Vernon ; c'est là que j'ai été élevée. J'avais six ans quand il mourut. Tout ce que je me rappelle de lui c'est que le dimanche, quand il n'allait pas dans les champs, je grimpais sur ses genoux pour jouer avec ses cheveux noirs et le supplier de me dire un joli conte.

A sa mort, nous possédions un petit bien. Ma mère le vendit et se retira avec moi à Rochecorbon.

C'était une digne et sainte femme que ma
mère. Elle m'enseigna elle-même à lire, à
écrire et à compter; elle jouait avec moi
parce que je n'avais pas de sœur; elle me
faisait tous mes habits; j'étais toujours propre et bien soignée.

Lorsque j'eus dix ans, elle m'envoya à
l'école. La maîtresse de la classe me crut
intelligente et me prit en amitié. Elle me
donnait des leçons, le soir; c'est elle qui
m'apprit à chanter, et je l'en remercie encore, car ma voix a souvent fait plaisir à mon
pauvre Charles.

A quinze ans, je passais pour la plus instruite du village. On me trouvait jolie, mais
je ne m'en souciais guère; ma mère était
simple et bonne; je tâchais de l'imiter tout
naturellement.

Je cousais fort bien. La femme du notaire
s'intéressa à moi et me procura peu à peu
quelques pratiques. A seize ans, je suffisais

à tous mes besoins et je remettais chaque semaine une pièce blanche à ma mère. Elle m'assurait parfois que c'était pour mon trousseau ; cela me faisait sourire, mais je ne rougissais pas. Je l'avais entendue parler avec tant de vénération de mon père bien-aimé et me retracer le bonheur de sa vie obscure et laborieuse que je désirais de tout mon cœur un avenir semblable et, de temps à autre, en arrosant nos fleurs le soir, je rêvais tout bas au jeune et brave mari que je voulais avoir un jour.

Deux ans se passèrent ainsi. Je ne fréquentais pas les jeunes filles du village, non par fierté, mais parce que ma mère étant toujours souffrante, j'aimais mieux rester auprès d'elle.

Depuis longtemps j'observais qu'un jeune homme à l'air franc et honnête me contemplait avec un intérêt mêlé de timidité. C'était un ouvrier menuisier bien connu dans le

7

pays. On le disait bon, laborieux, économe. Les vieillards l'estimaient et les mères en faisaient l'éloge.

Charles Dreux avait vingt-quatre ans peut-être, une physionomie sérieuse et gaie à la fois, de beaux yeux noirs et le regard intelligent. Il ne ressemblait pas aux autres jeunes gens du hameau. Je ne savais pas trop pourquoi son image passait si souvent devant mes yeux et pourquoi j'étais toujours heureuse de le rencontrer.

Au commencement de l'hiver, ma mère tomba malade. Pendant quelques semaines, je fus sans inquiétude. Je croyais à une simple indisposition et la soignais avec affection. Vers Noël, ses forces diminuèrent de jour en jour ; elle était inquiète et me regardait souvent avec des larmes dans les yeux. J'ignorais encore le danger, mais je tremblais instinctivement.

Un dimanche matin, à l'église, je ne pus

m'empêcher de pleurer. En veillant une partie de la nuit auprès d'elle, j'avais été frappée pour la première fois de sa pâleur et de son abattement.

Charles Dreux remarqua mes larmes. Il me suivit. Arrivée sur le seuil de notre maison, je l'aperçus derrière moi.

Il parut hésiter un instant, mais, prenant une résolution subite, il s'avança vers moi et, se découvrant respectueusement :

— Mademoiselle Marthe, me dit-il d'une voix troublée, pardonnez-moi si j'ose vous parler. On m'a dit que votre mère était malade ; je vous ai vue pleurer et j'ai eu peur. Y aurait-il du danger ?

— Je le crains, répondis-je.

Et ouvrant la porte déjà entre-bâillée, je disparus à l'intérieur de la chaumière.

Une amie était restée auprès de maman pendant mon absence. Je les surpris causant tout bas ; elles avaient les yeux rouges.

J'embrassai ma bonne mère et lui demandai comment elle se trouvait. Elle me prit par la main, me fit asseoir à son chevet et passa doucement son bras autour de mon cou.

— Enfant, me dit-elle, je crois que je vais mourir !

Je pâlis...

— Calme-toi. Rappelle-toi ce que je t'ai dit si souvent : il faut savoir souffrir avec courage et résignation. Je sens que je m'en vais tout lentement de ce monde et que tes soins, mon pauvre ange, ne me retiendront plus longtemps ici. Je n'ai pas peur de la mort et, si je pouvais te laisser un appui, je serais heureuse de rejoindre là-haut ton père bien-aimé. Mais qui te chérira quand je ne serai plus là !

Et des sanglots soulevaient sa poitrine.

— O mère ! m'écriai-je, mère, ne meurs pas ! que veux-tu que je fasse sans toi !

— Ce que tu as fait toujours, répondit-elle cette fois d'une voix presque ferme : travailler et être honnête.

Je la compris.

— Mère, je le ferai, ton enfant sera digne de toi.

A partir de ce dimanche, Charles Dreux vint chaque jour demander de ses nouvelles. Il était pâle et triste. Nous ne nous parlions jamais, mais je m'étais si bien habituée à le voir que j'attendais son arrivée comme celle d'un frère ou d'un ami.

Un soir il demanda à parler à ma mère. Je la prévins de son désir ; elle me pria de le faire entrer.

Ils restèrent longtemps seuls ensemble.

J'entendis la voix de ma mère qui m'appelait.

J'accourus. Elle était à moitié couchée dans son grand fauteuil. Son visage amaigri trahissait une paix inexprimable ; ses yeux,

que l'approche de la mort voilait déjà à demi,
rayonnaient d'une joie qui là transfigurait.

Charles était assis à côté d'elle. Il nous
regardait tour à tour.

— Marthe, me dit ma mère en m'attirant
vers elle, j'envisageais la mort sans effroi
mais avec tristesse parce que je tremblais de
te laisser seule ici-bas. Dieu a daigné calmer
les angoisses de mon cœur. Oh! va, je l'ai
bien prié pour toi! le guide, l'ami auquel
j'aurais voulu te confier en expirant, le ciel
lui-même l'envoie vers nous. Il y a dix ans
que je connais Charles ; je l'ai toujours vu
vertueux et honnête, et dans le secret de mon
âme je désirais l'appeler un jour mon fils. Il
t'aime, Marthe; veux-tu être sa femme et
voir ta mère mourir en paix en te laissant
heureuse ?

Je cachai ma tête entre mes deux mains et
me mis à pleurer.

— Elle ne m'aime pas ! s'écria Charles

avec découragement. Oh! ne craignez rien, Marthe, je n'abuserai pas de la situation pénible dans laquelle vous vous trouvez pour assurer le bonheur de ma vie ; je vous aime trop pour cela. Si vous ne voulez pas de moi pour votre mari, laissez-moi du moins être votre frère. Je jure à votre mère mourante de vous protéger comme ma sœur.

Je pleurais encore, mais à ce mot je sentis que je l'aimais et relevai mon front.

— Non, Charles, lui dis-je, je serai votre femme et je vous rendrai heureux.

Je lui tendis la main.

Ma mère les réunit toutes deux dans la sienne, nous fit signe de nous agenouiller devant elle et étendit ses bras tremblants pour nous bénir.

Nous étions fiancés.

Comme elle voyait sa fin approcher, elle hâta notre mariage. Les bans furent publiés immédiatement.

Quinze jours après, notre union fut célé-
brée dans l'église du hameau. La joie et la
douleur se partageaient nos cœurs. Noùs
étions heureux, mais nous sentions l'ange de
la mort planer sur notre paisible demeure.

Ma mère vécut encore trois semaines.
Charles était pour elle le meilleur des fils. Il
travaillait le jour et veillait à ses côtés la
nuit; il l'entourait de soins et d'amour; il
l'endormait dans le calme de la prière en lui
lisant tout haut les plus beaux passages de
ce livre qui est, pour les cœurs affligés, la
source de toutes les consolations. Notre chère
malade expira dans ses bras, le sourire sur
les lèvres et le front de sa fille pressé contre
son sein.

Elle repose là, ajouta la jeune femme en
désignant du doigt la tombe sur laquelle elle
venait de déposer les genêts en fleurs, et
Charles est auprès d'elle; ils m'attendent.

La maison nous parut bien déserte lorsqu'on eut emporté son corps au cimetière. Il nous semblait sans cesse l'entendre encore, et je remarquais bien souvent qu'en rentrant de l'ouvrage Charles jetait un triste regard sur le fauteuil vide qui se trouvait toujours à sa place, mais sans elle hélas !

Dieu nous envoya un petit ange pour nous consoler. Je devins mère.

Oh ! madame, si vous aviez vu la joie de mon Charles en entendant cette bonne nouvelle ! Il se mit à pleurer comme un enfant et me serra dans ses bras avec une tendresse si immense que je crus voir son âme dans ses yeux.

Il me prodigua des soins de mère. Non-seulement il travaillait tout le jour, mais encore le soir, à la veillée, il faisait le gros ouvrage de la maison. J'étais délicate ; il me défendait de me fatiguer ; le froid, la pluie l'effrayaient pour moi.

Je donnai naissance à un fils ; ma santé se

rétablit promptement et mon petit Henri était fort et bien portant.

Pendant dix mois, notre foyer fut un vrai paradis. Les journées s'écoulaient les unes comme les autres dans le travail, l'union, l'affection et le contentement.

Je remerciais Dieu dans toutes mes prières d'avoir rendu ma vie si heureuse. J'aimais mon mari et j'idolâtrais mon enfant. Nous étions laborieux tous deux et nous faisions des économies pour notre Henri. Je songeais déjà au temps où il marcherait tout seul et viendrait vers moi en m'appelant maman.

Charles allait plus loin encore dans l'avenir et parlait de le rendre bon et habile ouvrier.

Je me rappelle qu'un jour je tenais le petit sur mes genoux; nous passions en revue les différents métiers de nos campagnes.

— Que feras-tu de ton fils, Charles? lui dis-je en l'interrogeant du regard.

— J'en ferai un homme, me répondit-il,
·et ses yeux, ordinairement si doux, eurent je
ne sais quelle lueur de noble orgueil.

Ce mot, je m'en suis souvenue plus tard,
lorsque je devins à la fois père et mère de
mon petit orphelin.

Un soir d'automne, Charles revenait de
Tours où il avait travaillé pendant la journée. Le temps était pluvieux et sombre. Les
flots de la Loire, gonflés et impétueux, se
brisaient avec fureur contre les quais et le
vent soufflait d'une voix lugubre.

Mon mari hâta le pas, afin de rentrer plus
vite. Il était avec un de ses amis. Arrivés
près du pont de pierre que vous voyez là-bas,
ils aperçurent un petit garçon qui marchait
seul sur la grand'route, dans la direction de
Vouvray. Le vent emporta son chapeau et
l'entraîna vers le fleuve. L'enfant voulut le
ressaisir ; il se pencha trop en avant et tomba
à l'eau,

Plus rapide que l'éclair, mon mari s'élança après lui, le saisit et le ramena sur le rivage.

En rentrant, je le trouvai grelottant et transis. Je le fis changer de vêtements et j'allumai un bon feu, mais il restait pâle et, bien qu'il ne se plaignît pas, je vis qu'il souffrait.

Le lendemain, il ne put se lever. J'appelai le médecin. Charles était atteint d'une fluxion de poitrine; il toussait beaucoup et avait une forte fièvre. Je le soignai jour et nuit pendant une semaine; il y eut une légère amélioration dans l'état de sa santé, mais hélas! jamais il ne se rétablit entièrement. Sa toux était violente; il pâlissait et maigrissait à vue d'œil.

Longtemps avant moi, mon pauvre mari comprit le danger, et comme il sentait sa fin approcher, il voulut m'y préparer doucement. Un matin! — oh! je me souviendrai toujours de cette heure solennelle, — le petit dormait dans son berceau et Charles était assoupi sur le vieux fauteuil de ma mère. Il respirait péniblement; un râle étouffé soulevait sa faible poitrine. Je m'approchai de lui et, avec mon mouchoir, j'essuyai la sueur dont son front était couvert.

Il entr'ouvrit les paupières, m'attira vers lui et, collant sur mes cheveux ses lèvres pâles, me dit d'une voix légère comme un souffle : « Ma pauvre Marthe ! »

— Non, répondis-je, je ne suis pas à plaindre, c'est toi qui souffres, mon ami. Dieu nous a envoyé cette épreuve pour me donner l'occasion de te prouver toute ma tendresse. Si tu savais combien je t'aime !... tu es si bon !... tu seras bientôt guéri, mon bien-aimé !

Il secoua lentement la tête.

— Marthe, fit-il de cet accent pénétrant qui avait si souvent fait vibrer mon âme, ne t'abuse pas, mon enfant. Il est de mon de-

voir de te préparer au malheur qui va te frapper, je le sens, hélas !

J'ai bien des choses à te dire et depuis
longtemps je prie Dieu pour que je ne quitte
pas ce monde sans te rappeler tous les de-
voirs que t'imposera ma mort.

— Oh ! Charles, Charles !

— Courage, Marthe, courage !... Depuis
le jour de notre mariage, n'avons-nous pas
répété ensemble matin et soir : Que votre
volonté soit faite, Seigneur !

Tu es bien jeune, ma femme chérie, mais
Dieu t'a donné une de ces âmes qui n'ont
pas d'âge et que rien ne saurait ébranler.
C'est pour cela que je t'ai aimée.

Tu m'as rendu le plus heureux des hommes; je te dois les plus saintes joies d'ici-
bas : celle de vivre en toi et celle de revivre
dans mon fils. Sois bénie, Marthe, sois bénie ! Lorsque j'ai compris d'abord que j'allais te quitter, j'ai été saisi d'une angoisse

profonde et les larmes que je te cachais, retombaient une à une sur mon cœur brisé. J'ai
connu le désespoir dans ses plus poignantes
étreintes, un désespoir silencieux plus cruel
que la mort. Le petit berceau que tu vois là,
a été témoin de bien des luttes ; je ne voulais
pas mourir, mais à force de prier Dieu de me
laisser vivre, j'ai appris à me résigner !

Marthe, nous nous retrouverons là-haut !
Pendant que nous serons séparés, aime bien
mon fils ; aime-le avec sagesse et prudence.
Tu travailleras pour lui, enfant ; homme, il
travaillera pour toi.

Enseigne-lui de bonne heure à connaître
Dieu et à aimer la vérité ; inspire-lui une tendresse profonde pour tous les hommes ; que
le saint nom de la patrie lui soit toujours
sacré : c'est là tout le code de la vie.

Je te confie mon enfant, Marthe ; fais-en
un homme, et du haut du ciel je vous bénirai tous deux !

Je me soutenais à peine ; je souffrais tant qu'il me semblait que j'allais mourir comme lui.

A ce moment mon petit Henri se mit à pleurer.

Ses cris me rappelèrent à moi-même. Je m'approchai de son berceau et le pris dans mes bras pour le déposer sur les genoux de son père. Je les enveloppai tous deux dans une même étreinte. Je ne pleurais pas, mais mes lèvres tremblaient et je pus à peine prononcer ces mots : « Je veux qu'il te ressemble, Charles ; je l'aimerai pour toi et pour moi ! »

Un mois après, j'étais veuve.

. . . . . . . . . . . . . . . . . . . . . . . . . . . . . . . . . . . .

Un an s'est écoulé depuis. Je travaille le jour et chaque soir je viens prier sur sa tombe.

. . . . . . . . . . . . . . . . . . . . . . . . . . . . . . . . . . . .

— Et l'avenir, pauvre femme, l'avenir ne vous effraye pas ?

— Non, Dieu veillera sur moi !

— Mais, à vingt ans, être seule au monde, vivre dans l'isolement, sans parents, sans amis, c'est affreux !...

— Oh! dit-elle, je ne suis pas seule; Charles est toujours avec moi. Partout je sens planer son âme autour de moi. Elle me sourit; elle me donne du courage, et lorsque je pleure, je n'ai qu'à regarder mon fils pour songer au but de ma vie et être consolée!

Il faisait nuit. Des milliers d'étoiles scintillaient aux cieux.

— Oh! Marthe !... m'écriai-je.

Je ne pus rien ajouter à ce mot, mais je serrai silencieusement sa main.

— Je demeure là-bas, sur la colline, dans cette maison blanche que vous voyez derrière les marronniers. Quand vous passerez par le village, venez vous reposer chez moi. Maintenant que je vous ai raconté ma vie, il me semble que je vous aime comme une

sœur. Pardonnez-moi, je ne suis qu'une ou-
vrière et vous êtes...

— Marthe, nous sommes deux femmes.
Nos routes peuvent être différentes, mais
l'une et l'autre nous devons avoir pour de-
vise : amour et dévouement. Aux yeux de
Dieu, vous valez plus que moi. Au revoir.

Nous nous séparâmes. Arrivée à la porte
du château, je me détournai encore une fois.
Au loin, à travers le bouquet de marronniers, j'aperçus une lumière isolée : c'était
celle de la jeune veuve. Seule avec les souvenirs de son bonheur brisé, elle travaillait
peut-être à côté du berceau de son fils, rêvant à celui qu'elle avait tant aimé !

# DEUX SOEURS

# DEUX SOEURS

La neige tombait à gros flocons dans les rues de Varsovie. Les passants étaient rares, car on gelait même sous les plus épaisses fourrures. La nuit, la neige, le vent ne sont pas des compagnons très-agréables, et mieux valait, en effet, se chauffer les pieds devant les bûches allumées dans la cheminée que de sortir à cette heure.

Pourtant, ce soir-là, il y avait bal au palais du prince C... et toute l'aristocratie s'y était donné rendez-vous.

Varsovie a toujours compté dans ses salons un grand nombre de jolies femmes. Les Polonaises sont plus que belles : elles sont gracieuses et séduisantes au possible ; le bal promettait donc d'être charmant.

Tandis que les beautés les plus en renom se paraient de leurs dentelles et de leurs diamants, deux jeunes filles, deux sœurs, s'occupaient également de leur toilette dans une vaste chambre à coucher d'une jolie maison de maître située en face du jardin de Saxe.

Elles faisaient ce soir-là leur entrée dans le monde.

De simples robes de tulle, plus blanches que les flocons de neige qui descendaient des nues, étaient étendues sur d'antiques fauteuils aux proportions larges mais peu commodes des bons vieux meubles d'autrefois.

Rien de plus. Pas une fleur, pas un bijou, sauf une croix de perles avec un velours noir pour collier.

Mais elles n'avaient point besoin de parure pour être belles, les deux maîtresses du petit domaine dans lequel nous venons de nous introduire; leur parure, c'était leur jeunesse.

Olga et Hilda étaient sœurs et s'aimaient tendrement. Olga venait de célébrer son dix-huitième anniversaire ; Hilda n'avait que dix mois de moins que sa sœur.

Elles étaient filles uniques et adorées d'un comte polonais, noble de race mais plus noble de cœur et dont l'honneur valait encore plus que le blason.

Leur mère, Russe de naissance, avait cet air d'aristocratie un peu hautaine et pourtant si séduisante que les femmes de rang élevé possèdent en Russie à un degré que l'on ne retrouve nulle part ailleurs. Il n'y a rien de blessant dans cette hauteur, rien qui sente la vanité dans ce port de tête un peu fier, point de raideur, point d'insolence.

Quand la femme russe est belle, elle est

née reine, et c'est de tous les charmes d'une gracieuse souveraine que Dame Nature l'a parée. Intelligente, spirituelle, un peu mordante ; généreuse et bonne, mais capricieuse jusque dans ses élans de générosité et de bonté ; enfant gâtée, aimant aussi à gâter les autres ; vive dans ses impulsions ; ardente et jalouse dans ses affections, elle est faite pour inspirer les grandes passions et souvent pour les éprouver.

Telle avait été Hélène B., femme du comte N. et mère des deux jeunes filles que nous avons vues tout à l'heure se préparer à leur premier bal.

Le comte ne ressemblait en rien à la belle comtesse dont il s'était éperdument épris pendant une saison passée à Bade et qu'il avait épousée six mois après.

Il y avait en lui un mélange du Slave et de l'Allemand. Nature chevaleresque, mais douce ; esprit sérieux, un peu rêveur ; cœur chaud, fidèle à ses affections, il adorait ses enfants, mais avec cette tendresse sage et prévoyante qui fait que l'on ne sacrifie jamais l'avenir des êtres que l'on aime à son propre égoïsme.

Olga et Hilda avaient été élevées par lui plus que par leur mère. Il n'avait point de fils. Les deux petites sœurs avaient pris dans son cœur la place qu'un frère eût peut-être occupée si le ciel avait donné un frère à Olga et à Hilda, mais cette place elles la remplissaient si bien que le bon père n'y sentait aucun vide.

Il était fier de ses filles et à juste titre. Rien de plus gracieux qu'elles pendant ces premières années de l'enfance qui ont tant de poésie aux yeux des parents !

Elles étaient même d'autant plus jolies qu'elles offraient le contraste le plus frappant.

Olga, toute blonde et toute délicate, était

8

une pâle fille du Nord, aux yeux d'azur si
profonds déjà qu'on y devinait ce que ces
yeux diraient plus tard lorsqu'ils seraient des
yeux de femme. Ses mains, ses pieds mignons, son corps frêle aux proportions exquises en faisaient une petite fée bien plus
qu'une enfant. Elle n'avait de sa mère qu'une
seule chose : ce port de tête admirable dont
nous avons parlé plus haut.

Si Olga avait été une fée et si les fées
avaient eu besoin d'une reine, elles eussent
choisi pour reine la petite Olga.

Olga était aussi belle au moral qu'au phy-
sique. Douce, aimante, expansive, elle avait
une telle séduction dans ses caresses qu'il
était impossible de se soustraire à l'empire
de cet être charmant.

Hilda, au contraire, était un lutin adorable, aux yeux noirs, à la chevelure bouclée,
vive, pétulante, spirituelle, agaçante. Elle faisait les délices de sa mère qui la gâtait un peu.

Les reparties de l'enfant étaient si drôles, ses remarques si justes, l'expression de sa physionomie si piquante, qu'on lui pardonnait tout, jusqu'à ses défauts. Défauts bien innocents du reste, car Hilda avait une bonne petite nature sensible et généreuse.

Il y avait en elle quelque chose d'un peu sauvage pourtant et cela dans sa beauté même, à tel point qu'un ancien ami de son père, habitué de la maison, l'avait surnommée la belle Bohémienne.

Olga et Hilda s'adoraient. Elles ne s'étaient jamais quittées et n'auraient pu vivre l'une sans l'autre. A mesure qu'elles grandissaient et malgré la profonde diversité de leurs caractères, on eût dit qu'un lien plus étroit les unissait chaque jour, ce qui prouvait qu'au fond il y avait harmonie morale entre leurs deux êtres. Cette harmonie était basée sur une même franchise, une égale générosité.

Elles avaient ainsi traversé leur enfance
en se donnant la main, entourées de soins
et de tendresse, sans que. l'ombre d'un chagrin vînt jamais troubler pour elles ces belles
années de paix et d'union au sein de la
famille dont le souvenir est si doux plus tard,
quand on marche dans les sentiers plus rudes
de l'âge mûr.

Puis l'enfant s'était transformée en jeune
fille. Elles avaient échangé leurs impressions,
leurs rêves, leur idéal, à mesure que leurs
regards soulevaient le premier coin du voile
qui leur cachait encore la vie.

La vie! qu'elles rêvaient belle, heureuse,
pure comme leurs cœurs! La vie, pleine de
joies; la vie, avec l'amour et le bonheur!

C'est ainsi que nous les trouvons dans cette
froide nuit d'hiver, lorsque le vent balayait
la neige dans les rues et qu'elles s'enveloppaient d'un nuage de tulle dans leur chambre bien chauffée où leurs blanches épau-

les ne sentaient pas le souffle de la bise.

La jeune fille avait tenu pour chacune d'elles les promesses de l'enfant. Il eût été difficile de dire laquelle des deux était la plus belle.

Les cheveux noirs de Hilda, son teint un peu bronzé, ses yeux d'Orientale, attiraient tout d'abord le regard par un je ne sais quoi d'étrange où le pittoresque et l'original se mêlaient à l'élégante distinction de la femme du monde.

Olga, c'était au contraire une de ces chastes visions que le poëte seul entrevoit dans les heures où les Muses viennent l'inspirer. Sa chevelure blonde, épaisse et soyeuse, tordue à la grecque, laissait à découvert sa nuque, montrant ainsi cette attache fière du cou qui, nous l'avons déjà dit, fait redresser le front sans hauteur. Ses yeux bleus, d'un bleu si foncé qu'il y avait comme une légère nuance de violet et de brun, étaient d'une

8.

profondeur dans laquelle le regard se per-
dait. Ces yeux attiraient comme l'aimant. On
les interrogeait malgré soi et ils semblaient
toujours vous répondre. Ils paraissaient d'autant plus beaux que leur expression péné-
trante contrastait avec un sourire doux et
bienveillant comme le sourire d'un enfant.
Ses yeux et son sourire, c'était la vraie beauté
d'Olga. Blanche, délicate, frêle, ses formes
étaient moins parfaites dans leur développe-
ment, mais peut-être plus pures, plus idéales
que celles de sa sœur.

Hilda avait achevé sa toilette. Elle enveloppait ses épaules frileuses d'une écharpe
turque aux couleurs éclatantes. Olga l'attendait depuis quelques instants sans rien dire.

La comtesse entra.

— Bravo! dit-elle, mes filles n'ont pas
sacrifié trop de temps à la coquetterie. Je
craignais de vous trouver encore à l'œuvre et
vous êtes prêtes. Partons.

Elles passèrent au salon.

Le comte s'y trouvait déjà.

En voyant entrer les deux sœurs dans leur simple toilette blanche, il ne put retenir un mouvement d'orgueil paternel bien facile à comprendre et plus facile encore à pardonner.

En effet, elles étaient si jolies qu'un peintre les eût volontiers prises pour types, l'une d'une Corinne, l'autre d'une Béatrice.

Il s'approcha d'elles avec cette tendresse enjouée à laquelle il les avait habituées depuis leur enfance et les baisa l'une après l'autre au front.

— Voici mes jeunes oiseaux qui déploient leurs ailes, dit-il avec un sourire heureux dans lequel on sentait pourtant comme une ombre de regret; j'espère seulement qu'ils ne s'envoleront pas trop vite du nid paternel !

— Oh père ! s'écria Hilda, père, que dis-

tu là?... Et elle entoura de ses bras le cou
du comte qu'elle embrassa à plusieurs reprises.

La voiture attendait. On enveloppa bien
les deux jeunes filles dans leurs grands man-
teaux doublés de fourrure, et un quart d'heure
après elles faisaient leur entrée au bal du
prince C.

Une foule nombreuse et animée circulait
déjà dans les salons brillamment éclairés et
presque transformés en serres tant la profusion des fleurs rares y était grande.

Les Polonaises aiment la danse avec passion et dansent avec une grâce toute à elles
parce que c'est une grâce naturelle où la
convention n'entre pour rien.

On dansait la mazurka, et les couples s'é-
lançaient à travers la salle, marquant en cadence le mouvement accentué de la musique,
ce qui fait de la mazurka une des danses
nationales les plus originales de l'Europe.

La maîtresse de la maison, c'est-à-dire la jolie princesse C., était évidemment la reine de la fête. Elle ouvrait la file des danseuses, ayant pour cavalier un jeune Polonais qui paraissait ce soir-là pour la première fois dans ses salons.

C'était le fils unique du prince R. Il venait de rentrer dans sa patrie après de longs voyages. Grand seigneur, riche, beau, aimable, son apparition dans le monde avait fait sensation. Toutes les jeunes filles tournaient les yeux vers lui comme vers un personnage un peu fantastique, car on disait le jeune prince encore plus brave qu'il n'était beau, encore plus instruit qu'il n'était aimable, et ses lointains voyages lui donnaient — sans qu'il le voulût le moins du monde, — ce léger cachet de romanesque qui plaît tant aux femmes.

Un observateur attentif eût remarqué cependant dès le premier abord que le prince

Wladimir avait bien plus du penseur que du héros de roman dans sa physionomie. Son front grave indiquait l'habitude de la réflexion; son regard scrutateur était un indice presque certain d'un esprit auquel l'observation et l'analyse étaient familières. Aussi semblait-il se trouver mal à l'aise dans son rôle de danseur que lui avait imposé la jeune et jolie princesse C.

La danse finie, le prince passa dans le salon voisin. La foule lui pesait; il avait perdu l'habitude de ce tohu-bohu charmant et pourtant vide que l'on appelle le monde.

Il s'assit un peu à l'écart, près de l'embrasure d'une fenêtre, à moitié caché par de lourds rideaux de damas rouge.

Le salon était presque vide, car l'orchestre, après un court temps d'arrêt, venait d'attaquer les premières mesures d'une valse.

Tout à coup, en levant les yeux par hasard, le prince vit à quelques pas de lui une jeune fille qui traversait lentement la salle pour aller s'asseoir auprès d'un homme d'âge mûr à la physionomie distinguée et profondément sympathique.

C'était Olga.

Elle passa devant lui comme une apparition, tellement cette jeune fille était différente de toutes les autres femmes dont il venait d'admirer la beauté avec cette jouissance toute esthétique que donne le sentiment du beau et la connaissance de l'art qu'il possédait à un très-haut degré.

Mais Olga était toujours là en face de lui, et il pouvait la regarder tout à son aise. Longtemps il n'en détacha pas les yeux. Enfin il se leva.

— Quelle est cette charmante enfant? dit-il en s'approchant de la princesse C..., qui entrait à ce moment dans le salon.

— C'est la fille du comte N... N'est-ce pas qu'elle est jolie? Elle a une sœur tout aussi belle qu'elle, qui danse là, à côté. Elles vont dans le monde pour la première fois ce soir et elles font sensation. Je les entendais appeler tout à l'heure ange et lutin. Le mot est bien trouvé. Ce seront les deux beautés de la saison.

— N'ont-elles plus de mère?

— Si, la comtesse est à côté et regarde danser Hilda. C'est sa favorite, dit-on. Celle-ci est l'aînée. On prétend qu'elle a beaucoup de l'intelligence et un peu du caractère de son père, un de nos hommes les plus distingués. C'est un noble doublé d'un savant. Il n'a que deux passions : l'étude et ses enfants.

— Voulez-vous avoir la bonté de me présenter à la comtesse?

— Volontiers, dès que la danse sera finie. Elle reviendra probablement ici; attendons-la un instant.

— Voyez donc, dit encore la princesse après une pause, en regardant à la dérobée

Olga qui causait avec son père, voyez quels yeux ! Je n'ai jamais vu aucune femme avec ce regard-là ! Il y a de tout dans ces yeux : candeur, poésie, aspirations vers l'idéal, pensée profonde, tendresse, énergie. Mais, pour moi, ce qui y domine, c'est la soif d'aimer.

Le prince ne répondit rien. Il observait toujours Olga.

En ce moment la comtesse N... entra avec Hilda.

— Voilà l'autre sœur, fit tout bas la princesse ; n'est-ce pas qu'elle est belle aussi ?

Le prince resta comme ébloui.

— Celle-ci, dit-il, c'est la passion et c'est la beauté. Elle aimera et elle sera aimée. Mais l'autre !

— Quoi, l'autre ?

— L'autre est pour moi une énigme.

— Ne la trouvez-vous pas plus belle ?

— Plus belle, non, mais autrement belle.

Il y a en elle de la femme, de l'ange et du sphinx.

— Les deux sœurs s'aiment-elles?

— Voyez.

Hilda s'était rapprochée d'Olga et avait pris un siége à côté d'elle. Elles paraissaient plus charmantes ainsi, l'une près de l'autre, vêtues exactement de même. Hilda posa la main sur l'épaule de sa sœur avec un geste de familiarité presque enfantine, et lui parla avec animation et gaieté. Olga souriait de son sourire tranquille et doux. Leurs regards échangeaient des rayons de tendre confiance. Olga jouissait de voir sa sœur heureuse.

— Voyez! répéta la princesse.

— Elles sont adorables toutes les deux. Allez-vous me présenter à leurs parents?

— Certainement.

Dix minutes plus tard, après avoir échangé les premiers mots de politesse avec le comte et sa famille, le prince Wladimir R... causait plus particulièrement avec la comtesse N... Il comprit bien vite ce qu'elle était : femme du monde éminemment distinguée, d'une intelligence supérieure, d'un tact exquis, d'une instruction rare, mais nature froidement positive maintenant que les années lui avaient pris avec la jeunesse ce grain de poésie qui germe toujours plus ou moins dans un cœur de vingt ans.

L'orchestre recommençait à jouer une mazurka.

— Voulez-vous me permettre, madame, de danser cette mazurka avec l'une de vos filles? dit-il à la comtesse.

— Volontiers.

Le prince hésita un instant, puis s'inclina devant Olga.

— Mademoiselle, fit-il, aurai-je l'honneur d'être votre cavalier ?

— Oui, monsieur.

Et elle s'éloigna à son bras.

— Aimez-vous la danse, mademoiselle ?

— Je n'ai pas encore eu le temps de l'aimer ; c'est la première fois que je viens au bal.

— Un premier bal, c'est le rêve de toutes les jeunes filles !

Olga ne répondit rien, et le prince vit aussitôt que cette conversation banale faite de la menue monnaie courante des salons, ne plaisait pas à la jeune fille.

Tout homme du monde qu'il était, il se sentit un peu embarrassé vis-à-vis d'elle. Heureusement que la mazurka vint à son secours.

Olga dansait à ravir. Ses mouvements avaient quelque chose de si léger et de si gracieux qu'elle semblait à peine toucher le sol de ses pieds mignons. Pourtant son visage gardait le même calme que lorsqu'elle causait là-bas avec son père ou avec sa sœur. Rien ne trahissait l'excitation ni même la jouissance du plaisir.

Le prince s'arrêta un instant pour permettre à la jeune fille de se reposer.

— Vous avez une sœur charmante, mademoiselle, dit-il à Olga, pour amener la conversation sur un autre terrain.

La physionomie d'Olga s'illumina.

— N'est-ce pas? dit-elle, et elle est si bonne, ma Hilda!

Ce n'était plus la même jeune fille que tout à l'heure. Le prince le vit et sentit qu'il avait fait vibrer une des cordes du cœur d'Olga et que, par conséquent, Olga avait du cœur.

— Vous n'avez pas de frère, n'est-ce pas?

— Non, mais Hilda me suffit. Nous sommes si heureuses!

Et toute confuse d'avoir exprimé ses sentiments devant un étranger avec un élan si spontané, elle se tut et rougit légèrement.

— Vous êtes du même âge presque?

— Je suis l'aînée.

— Mais de si peu que votre vie a pour

ainsi dire commencé en même temps. On s'aime doublement quand on a toujours vécu ensemble comme vous. Il y a quelque chose de si grand dans ces affections de la famille !

— N'avez-vous point de sœur? dit timidement Olga.

— Non, je suis enfant unique et j'ai perdu ma mère au berceau.

— Vous avez beaucoup voyagé?

— Oui, presque toute ma vie s'est écoulée à l'étranger. J'ai fait mes études en Allemagne. Au sortir de l'Université, j'ai passé trois ans en Italie, puis je suis parti pour un voyage autour du monde.

— Et vous n'avez jamais souffert d'être loin de votre pays? dit Olga d'un ton où l'étonnement se mêlait à l'intérêt.

— Les Polonais n'ont plus de patrie, dit-il amèrement.

— Oh! fit Olga avec une surprise qui avait une légère nuance de reproche.

— Si je pouvais faire revivre la Pologne avec la dernière goutte de mon sang, dit le prince d'une voix presque sourde, je le ferais! Mais c'en est fini, fini à jamais!

— Et c'est parce que vous croyez que tout est fini pour votre patrie que vous ne l'aimez plus?

— C'est parce que je l'aime trop que je ne veux pas y vivre, répondit-il.

Olga se tut.

On ne dansait plus; ils retournèrent auprès de la comtesse.

— Que vous devez être heureuse, madame, d'avoir des enfants si charmants! dit sincèrement le prince en regardant les deux sœurs qui s'étaient rapprochées l'une de l'autre.

— Comment est-il? faisait à ce même instant Hilda, interrogeant Olga de la voix et du regard.

— Bien.

— Est-ce tout? Ne le trouves-tu pas beau, aimable, spirituel?

— C'est un gentilhomme et je le crois un homme de cœur.

— Oh! dans la bouche d'Olga ces mots veulent beaucoup dire, exclama Hilda avec une petite nuance de malice.

Olga ne releva point l'allusion de sa sœur.

Le bal continuait toujours. On commençait à valser. Le prince se leva.

— Mademoiselle, dit-il cette fois en saluant Hilda, aurai-je l'honneur de danser cette valse avec vous?

— Oui, monsieur.

Et acceptant le bras qu'il lui offrait, elle traversa la salle à pas un peu précipités, son petit pied impatient s'agitant aux sons entraînants de la musique de Strauss.

Elle dansa toute la valse sans s'arrêter, les joues animées, les yeux brillants de plaisir, le sourire sur les lèvres, s'abandonnant avec une joie d'enfant à l'excitation fiévreuse, enivrante, que la valse produit sur certaines organisations.

Le prince ne détachait pas les yeux de ce corps charmant, souple, gracieux, que son bras soutenait à peine, mais qui se reposait sur lui avec une langueur chaste dont le jeune homme était un peu troublé.

Quand l'orchestre eut frappé le dernier accord, Hilda parut sortir d'un songe.

— Qu'y a-t-il donc dans la valse qui fasse tant de plaisir? dit-elle naïvement en regardant le prince avec ses grands yeux noirs presque hardis tant ils étaient innocents.

— Je ne sais, fit-il en souriant. Vous aimez la danse, je le vois.

— Beaucoup.

— Et pourtant c'est la première fois que vous allez dans le monde.

— Oui, mais j'aime cet éclat, ces fleurs, ces lumières, ce mouvement, ces jolies femmes en toilette légère ; j'aime la musique, le rire, la gaieté ! Il y a de la vie dans ce tableau et je me sens créée pour la vie !

L'expression de sa physionomie indiquait assez qu'elle était sincère.

— Quand on est belle comme vous, mademoiselle, dit le prince avec cette galanterie aimable que les Polonais possèdent à un si haut degré, la vie est une fête ; c'est pourquoi vous aimez la vie.

Elle rougit un peu.

— Olga est bien plus belle que moi, dit-elle après un instant, et Olga n'aime pas le monde.

— Elle est peut-être moins forte que vous et le monde la fatigue ? Elle a l'air d'être délicate.

— Non, elle n'est pas malade, mais elle a le goût de la solitude. Elle est heureuse avec ses livres, comme mon père. Olga vit avec les poëtes. Si vous l'entendiez lire Mickiewicz!

Le prince se tut et parut réfléchir.

— Quand elle était petite, continua Hilda, elle passait des heures sur les genoux de mon père, pendant que je jouais avec ma poupée, et elle se faisait raconter l'histoire de la Pologne. Plus tard, mon père nous lut à toutes deux nos meilleurs poëtes. La leçon finie, Olga reprenait le livre et, au lieu d'aller s'amuser, elle passait encore des heures à rêver sur une même page. Rien ne pouvait la distraire de sa rêverie qu'un baiser de moi. Avec une caresse, j'obtenais d'elle tout ce que je voulais.

— Vous êtes très-attachées l'une à l'autre?

— Oui; je sens qu'Olga vaut plus que moi, mais je n'en suis pas jalouse. Olga est si bonne qu'elle ne songe jamais à elle-même. Pourvu que les autres soient heureux, Olga est heureuse.

— Alors vous pensez qu'elle ne s'amuse pas au bal? dit le prince après un silence.

— Si, car elle sait que j'en jouis, moi, et
que je n'en jouirais pas sans elle.

Ils rejoignaient à ce moment la comtesse
et sa famille.

L'heure était avancée. Le comte donna le
signal du départ.

Hilda alla glisser son bras sous celui de sa
sœur.

Le prince demanda à la comtesse l'auto-
risation d'aller lui présenter ses hommages
chez elle. La permission fut gracieusement
accordée.

Le comte échangea une poignée de main
avec le jeune homme et l'on se sépara.

Quand Olga et Hilda furent rentrées dans
leur joli nid de jeunes filles, elles voulurent
se déshabiller elles-mêmes et, tout en se
déshabillant, elles causaient du bal.

— Le prince est charmant, dit Hilda avec
sa franchise habituelle, et il me plaît beaucoup. Quelle belle tête et que de distinction !

C'était le plus charmant cavalier de la fête.

— Oui, répondit Olga avec plus de calme, il est sympathique et il cause bien.

Les deux jeunes filles s'endormirent et rêvèrent, Hilda du bal, Olga de ces mots que le prince lui avait dits d'une voix émue : « Si je pouvais faire revivre la Pologne avec la dernière goutte de mon sang, je le ferais. Mais c'en est fini, fini à jamais ! » Et le regard du prince, lorsqu'il avait prononcé ces mots, ne sortait plus de la pensée d'Olga.

Quelques jours après, le prince vint faire une visite à la comtesse N... Il trouva toute la famille au salon. Olga jouait du piano. Elle s'arrêta dès qu'elle l'entendit annoncer. On causa pendant quelque temps, et une espèce d'intimité s'établit par l'échange d'idées qui se faisait dans ce petit groupe de natures d'élite. La vraie bonté se devine vite. De même il ne faut pas beaucoup de temps à un esprit cultivé pour reconnaître la véritable

intelligence. Le comte était enchanté du
prince. Habitué à rencontrer dans le monde
tant de cerveaux vides et de cœurs blasés ou
feignant de l'être, il était heureux de se trouver en contact avec une nature supérieure,
aimant, comme lui, la science, comprenant
les arts et portant sur les hommes et les
choses un jugement droit. Le prince parla de
ses voyages avec modestie et simplicité. Le
comte n'ignorait pas que le jeune homme n'a-
vait pas été poussé à faire le tour du monde
par un simple besoin de locomotion et une
curiosité banale, mais qu'il avait cherché à
s'instruire et à acquérir par des observations
personnelles une connaissance juste de certaines questions qui l'intéressaient particulièrement.

La visite du prince fut longue, si longue
qu'il dut s'en excuser en prenant congé de la
famille.

— Causer est un plaisir si rare, lui dit le

comte en souriant, que nous devons vous savoir gré d'avoir bien voulu oublier l'heure au milieu de nous. Aujourd'hui nous avons appris à connaître de vous autre chose que l'homme du monde et j'espère que le voyageur qui vient de nous intéresser, animera souvent de ses récits le coin de notre feu.

— Vous êtes trop bon, comte. Merci et au revoir.

Lorsque le prince fut parti, la conversation tomba naturellement sur lui. Il n'y avait qu'une opinion sur sa personne, et cette opinion était on ne peut plus favorable.

— Il unit un grand savoir à une excessive modestie, observa le comte dont le jugement était d'ordinaire assez sévère.

Olga regarda son père.

— Avec quelle clarté il exprime sa pensée, dit-elle, et quel coloris il y a dans ses descriptions! Ses récits sont des tableaux. Pour avoir saisi ainsi la nature, il faut sentir vi-

vement, et pour porter un jugement si lucide
sur les hommes et les choses, il faut avoir un
esprit d'observation très-pénétrant. Il y a,
dans le prince Wladimir, de l'artiste et du
philosophe. C'est une nature élevée qui sait
aimer et comprendre la poésie, mais qui ne
la confond pas avec la réalité. Pour lui, le
vrai est la source du beau.

— Mon Olga a raison, répondit le comte
en regardant tendrement sa fille aînée dont
la raison précoce avait déjà saisi le côté le
plus profond du caractère du prince.

Hilda était allée s'asseoir à une table.
Ayant pris un crayon et du papier, elle dessinait sans rien dire. Elle avait pour le dessin un talent remarquable et son imagination trouvait mille sujets qui devenaient en
quelques coups de crayon des croquis charmants. La fantaisie dominait dans la nature
d'Hilda bien plus que la pensée ; c'était un
caractère tout d'impulsions et de sensations.

Olga s'avança tout doucement derrière elle pour la surprendre.

Hilda dessinait toujours.

— Comme c'est ressemblant! s'écria Olga quand elle eut jeté les yeux sur le portefeuille de sa sœur. Hilda, tu es une artiste, toi aussi! La nature a fait de toi un peintre. Il faut que nous t'emmenions en Italie.

La comtesse s'était levée à ces mots et avait regardé à son tour.

— Parfait! Mais vois donc, dit-elle au comte en prenant le dessin qu'elle lui tendit.

C'était un croquis représentant le prince couché devant une hutte indienne, à l'ombre d'un palmier. Le paysage n'était tracé qu'à grands traits, mais le crayon de la jeune fille s'était évidemment arrêté avec complaisance sur le personnage, et le portrait du prince était frappant.

— Bravo! ma petite brunette, exclama le comte avec une satisfaction visible. Quand

.e prince reviendra, je lui montrerai ton dessin. Il ne se doutait guère en nous racontant
sa vie des tropiques que les yeux noirs de
ma fille cadette l'examinaient si bien.

— Oh père !

— Enfant !

Et Hilda embrassa son père avec cette
vivacité expansive qui était un besoin de sa
nature.

Le soir même, la comtesse menait ses
filles au théâtre. On jouait les *Huguenots*.
La salle était pleine.

Le prince se trouvait aussi dans sa loge. Il
regardait de loin les deux sœurs, les exami-
nant tour à tour et se sentant attiré de préférence tantôt vers l'une, tantôt vers l'autre.
Elles étaient, en effet, si belles toutes les
deux que tous les regards se dirigeaient de
leur côté. Olga et Hilda entendaient les *Huguenots* pour la première fois et leur émotion était pareille. Cette grande et large

musique où Meyerbeer s'est surpassé lui-même, s'emparait avec une puissance égale de l'âme des deux jeunes filles. Hilda ne détachait pas les yeux de la scène. Olga était toute pâle et pendant l'exécution de la grande scène entre Raoul et Valentine, son saisissement fut si profond que de grosses larmes tombèrent sur son éventail sans qu'elle s'en aperçût.

Le prince qui l'observait depuis quelques instants, vit les muscles de la jeune fille se contracter avec une telle violence qu'il en fut presque inquiet pour elle.

— Y aurait-il une nature de feu sous cette enveloppe d'ange ? se dit-il à lui-même. Qui sait si cette enfant n'a pas, sans que l'on s'en doute, le pressentiment des grandes passions ?

Et il ne quitta plus Olga des yeux de toute la soirée.

Deux jours après, il dînait chez la com-

tesse N. Il n'y avait que quelques intimes.
On pria Olga de faire de la musique. Elle
hésita un peu, mais sur un signe de son
père, elle s'avança vers un magnifique Pleyel
qu'elle avait reçu du comte pour son dix-
huitième anniversaire.

Le prince s'empressa d'aller ouvrir l'ins-
trument. Il jeta les yeux sur la musique qui
se trouvait devant lui. Le premier cahier
portait le nom de Beethoven.

— Vous aimez Beethoven? dit-il à la
jeune fille.

— Oui, et c'est la musique de prédilection
de mon père. Tous les soirs, quand nous
sommes seuls, il me fait jouer pour lui. Il
comprend si bien *mon* Beethoven!

— *Votre* Beethoven?

— Pardon, je n'aurais pas dû prononcer
ce mot-là, il paraît prétentieux. Et cependant je n'ai voulu dire qu'une chose très-
simple. La musique de Beethoven a pour

moi un sens que n'a aucune autre musique;
c'est un langage qui traduit souvent ma pensée lorsque je ne sais pas la rendre autrement, une voix qui répond à certains besoins
de mon être qui ne trouvent leur épanche-
ment nulle part ailleurs.

— Vous avez raison alors de dire *votre*
Beethoven. Ceux qui éveillent en nous de
fortes émotions deviennent une partie de
nous-mêmes. Que nous jouerez-vous?

— *Fidelio*, si vous voulez.

— Merci.

Et le prince s'assit.

Olga commença l'ouverture de *Fidelio*.
Elle rendait Beethoven mieux qu'avec le
simple talent d'un artiste, elle le rendait
avec son âme. Le prince était saisi. Jamais
il n'avait entendu une jeune fille de cet âge
jouer avec une expression si profonde. Beethoven, comme musique, c'est la passion
dans ce qu'elle a de plus ardent et de plus

grand, et l'on eût dit qu'Olga le comprenait car elle l'exprimait dans son jeu avec une vérité parfois poignante.

Quand elle eut fini, son père s'approcha d'elle.

— Olga, lui dit-il, tu n'as jamais joué aussi bien que ce soir. Qu'est-ce qui t'inspirait, mon enfant ?

— Je ne sais, père, répondit-elle en rougissant un peu, car elle voyait le prince à deux pas d'elle, mais je suis bien heureuse de t'avoir fait plaisir.

Et son regard candide ajoutait plus encore que ce que venaient d'avouer ses paroles.

— Mon enfant chérie ! s'écria le comte en posant un instant la main sur la tête de la jeune fille.

Pendant ce temps, le prince s'était approché de Hilda.

— Votre sœur a un talent remarquable, mademoiselle, un talent que sa modestie ne m'avait même pas fait soupçonner, dit-il en s'asseyant à côté d'elle.

— C'est qu'elle joue rarement devant le monde et elle ne l'a fait ce soir que parce qu'elle a vu que mon père le désirait.

— N'êtes-vous pas musicienne aussi ?

— Non. J'aime la musique, mais je n'ai jamais voulu l'apprendre. Jouer mal, cela n'en vaut pas la peine et je sens que je n'ai pas un véritable talent.

— Dessinez-vous ?

— Un peu.

Tout en parlant, le prince avait ouvert machinalement un portefeuille posé sur la table. En le voyant faire ce mouvement, Hilda s'agita sur sa chaise.

— Qui a fait cela ? s'écria-t-il, tirant du portefeuille le croquis de la jeune fille ; c'est un petit chef-d'œuvre, ce dessin-là !

Hilda baissa les yeux avec embarras.

— C'est moi.

— Mademoiselle, dit le prince, vous pouvez devenir une grande artiste si vous le
voulez. Il y a plus que du talent dans ce
croquis.

Olga qui s'était approchée pendant ces
derniers mots, les avait entendus.

— N'est-ce pas qu'elle dessine bien ? fit-
elle avec une espèce de tendre orgueil. Quand
vous viendrez quelque jour où nous ne serons
qu'en famille, il faudra lui demander de vous
montrer son album.

— Olga!

— Pourquoi, chère ? N'ai-je pas le droit
de parler de ton talent puisque tu le caches?

— C'est que...

— Quoi? fit le prince en souriant.

— Je n'aurais pas dû dessiner ce croquis ;
c'était indiscret.

— Pourquoi ?

— Parce que ce croquis est un portrait.

— Alors, ajouta le prince en souriant

encore, il y aurait un moyen bien simple de réparer votre tort qui, du reste, n'en est pas un.

— Lequel?

— Ce serait de me faire cadeau de votre dessin.

Hilda hésitait un peu.

— Je vous en prie, continua-t-il.

Elle le lui tendit simplement.

— Merci. Mais il n'y a point de signature.

Hilda prit un crayon et écrivit au bas de son dessin un H et un N.

— C'est tout?

— Il n'y a rien à ajouter.

— Si.

— Quoi donc?

— La date du jour où ce dessin a été fait.

Hilda écrivit au bas de la feuille : 2 février.

— 2 février ! dit le prince, cette date sera pour moi un double souvenir.

— Comment ?

— C'est le jour où je vous ai vue pour la première fois sous le toit de votre père.

Ce ne fut plus seulement Hilda, ce fut Olga qui le regarda avec surprise.

Pendant tout l'hiver, le prince rencontra les deux jeunes filles dans chaque salon où il allait. Leur succès était immense. On admirait non-seulement leur beauté et leur distinction, mais plus encore leur excessive modestie, car les hommages dont elles étaient entourées ne leur faisaient rien perdre de leur simplicité naturelle.

Mais le prince les retrouvait non-seulement à toutes les fêtes, il les voyait en famille, le comte et lui s'étant liés d'une véritable amitié, malgré la différence d'âge qui existait entre eux.

Il apprit ainsi à connaître de plus près

ces deux natures charmantes faites l'une et l'autre pour inspirer à un homme de cœur un amour sérieux.

Fatigué de ses voyages, un peu isolé dans le monde malgré son immense fortune, le prince sentait s'éveiller en lui comme un vague besoin d'une existence nouvelle, à mesure qu'il goûtait dans la famille du comte les pures jouissances de la vie d'intérieur. La science ne suffit pas toujours à remplir le cœur d'un homme, à moins que ce cœur ne soit privé de la faculté d'aimer, et tel n'était pas le cas chez le prince. Nature à la fois énergique et tendre, il savait apprécier le charme de l'expansion entre caractères faits pour se comprendre. Il songeait donc sérieusement à se marier, et dans toute la société de Varsovie il ne trouvait personne qui lui fût aussi sympathique que les deux charmantes filles du comte N. Mais entre les deux le choix était difficile. L'organisation

sérieuse et profonde d'Olga était un point de
contact où le prince sentait comme un reflet
de sa propre nature ; avec Olga, il pouvait
penser tout haut : elle le comprenait toujours. D'un autre côté, la vivacité de Hilda,
le feu pétillant d'innocente malice qui ani-
mait sa conversation quand elle se trouvait
à l'aise au milieu des siens, sa beauté plus
séduisante peut-être quoique moins poétique
que celle de sa sœur, tout cela exerçait sur le
jeune homme un charme pénétrant. L'harmonie naît parfois des contrastes mêmes.
Aussi cette petite tête brune, si jolie avec son
expression de candeur enjouée, faisait souvent rêver le prince qui d'ordinaire n'était
pas homme à rêver.

Il sentit ainsi grandir peu à peu en lui
une prédilection marquée pour Hilda. Mais
avec le tact exquis d'un homme du monde,
il ne laissait rien voir de cette préférence.

Du reste, Olga lui était si sympathique

qu'il lui en eût coûté d'être moins aimable pour elle que pour sa sœur.

Il y avait toutefois une nuance très-marquée dans l'impression que produisaient sur lui les deux jeunes filles. Il éprouvait pour Olga la tendresse d'un frère ; Hilda le troublait davantage et éveillait en lui cette émotion vague qui est comme le pressentiment de l'amour.

Depuis que le prince était reçu dans la maison du comte, rien en apparence ne semblait changé dans la vie de la famille. Cependant Olga et Hilda n'étaient plus les mêmes, et bien qu'elles cherchassent à cacher avec la pudeur instinctive de la jeune fille le premier secret de leurs cœurs, il y avait un secret pourtant au fond de leur pensée.

L'image du prince passait devant leurs yeux plus souvent qu'elles n'eussent voulu le dire, et cette image les faisait rêver comme on rêve à dix-huit ans, lorsque la vie s'ouvre devant soi semblable à un beau chemin semé de fleurs.

Olga changeait légèrement de caractère à mesure que ce travail lent se faisait en elle ; elle recherchait davantage la solitude et supportait parfois avec effort la gaieté de sa sœur. Une ombre de mélancolie voilait la profondeur de son regard et lui donnait encore plus de poésie. On eût dit que ce regard cherchait à sonder les mystères de la vie et qu'il avait comme l'intuition de ses épreuves et de ses douleurs.

Hilda, plus vive, et chez laquelle l'imagination jouait toujours le plus grand rôle, se laissait aller de son côté aux instincts de sa nature fougueuse. Une espérance, vague il est vrai, mais pleine de charme, gonflait son jeune cœur d'une joie qu'elle ne savait elle-même à quelle cause attribuer. Tout lui souriait : le monde, l'avenir ! aucun trouble, aucune inquiétude ne venait agiter son sommeil, calme comme le sommeil d'un enfant. Confiante en elle-même et en sa destinée, elle attendait le bonheur comme un messager charmant que le ciel ne pouvait manquer de lui envoyer.

On touchait à la fin du carnaval et la princesse L... allait donner, pour clore la saison, un grand bal costumé.

Hilda et Olga se consultèrent avec leur mère sur le choix des costumes. Olga exprima le désir de porter le costume national de son pays; elle savait que ce costume-là plairait à son père plus qu'aucun autre. Quant à Hilda, elle hésitait.

La comtesse, regardant la beauté un peu étrange de sa fille cadette, lui dit en riant : Toi, tu ferais une charmante reine des bohémiennes!

Hilda frappa l'une contre l'autre ses petites mains.

— Parfait! s'écria-t-elle, j'accepte.

Et le costume fut adopté.

Le soir de la fête, quand Hilda entra dans les salons de la princesse, ce fut un cri d'admiration.

Un mouchoir de soie rouge était capricieusement tordu autour de ses beaux cheveux noirs dont les boucles s'échappaient çà et là un peu en désordre. Un corsage de velours noir garni de dentelle d'or serrait sa taille élégante, ne laissant à découvert que le cou autour duquel s'enroulaient plusieurs rangs de perles et les bras dont la forme exquise eût tenté le ciseau d'un Canova. Elle portait un cercle d'or massif à chaque poignet et une ceinture d'or autour de la taille. Sa tunique orange, fantastiquement brodée de noir, était relevée du côté gauche par une agrafe de diamants, laissant ainsi entrevoir une jupe de brocart bleu à fleurs d'or.

Ce mélange harmonieux de couleurs éclatantes faisait ressortir à tel point la beauté

de Hilda que le regard en était comme
ébloui. Elle éclipsait toutes les femmes,
même les plus belles.

Olga, dans son gracieux costume de grande
dame polonaise, était bien jolie aussi, mais
sa beauté plus délicate ne supportait pas, ce
soir-là, le contraste avec celle de sa sœur.

Hilda était évidemment la reine du bal.
Son succès était un triomphe. Le prince
dansa deux ou trois fois avec elle et un
observateur attentif eût pu remarquer que
de toute la soirée il ne la quitta pour ainsi
dire pas des yeux. Jamais une femme n'avait
exercé sur lui une telle fascination.

A l'heure du souper, il offrit son bras à
Hilda. Il avait sollicité et obtenu cette faveur
dès la première mazurka. Le souper fut
charmant et plein d'entrain. Jamais Hilda
n'avait eu tant d'esprit ; jamais le côté original de sa nature ne s'était déployé avec
tant de séduction. Il faisait très-chaud. Le

prince proposa à la jeune fille de faire un tour dans la serre qui s'ouvrait à l'autre extrémité de la salle de bal. Hilda accepta.

La serre était vide. Il s'en exhalait un parfum qui enivrait les sens, et la lumière plus douce de ce jardin d'hiver invitait à une molle langueur. Le prince mena la jeune fille jusqu'au bout de la galerie et la fit s'asseoir. A quelques pas de lui s'épanouissait une magnifique rose jaune de l'espèce la plus rare. Il alla la cueillir et la tendit à Hilda.

— Tout le monde est à vos pieds ce soir, lui dit-il en souriant, et l'on vous traite en reine ; permettez-moi d'oublier cependant que vous êtes notre souveraine et de vous offrir cette simple fleur. On ne peut rien donner à une reine et l'on peut donner beaucoup à une femme.

— Quoi? dit étourdiment Hilda.

— Vous le voyez, une fleur d'abord.

— Mais ne peut-on pas donner aussi une fleur à une reine?

— Non, car les fleurs ont un langage pour qui veut le comprendre.

Hilda se sentit un peu embarrassée et regarda sa rose.

— On peut donner encore autre chose à une femme, continua le prince.

— Quoi?

— Son amour.

Cette fois Hilda rougit et ses doigts frémissants écrasèrent un peu la fleur que le prince venait de cueillir pour elle.

— Vous ne voulez pas de ma rose? lui dit-il tristement.

— Si, et je vous remercie de me l'avoir donnée.

— Si j'allais vous demander quelque chose en échange, serait-ce la reine ou la femme qui me répondrait?

— Je ne suis point une reine, je suis une

jeune fille, et ce sera Hilda qui vous répondra.

— En échange de ma rose, voulez-vous me donner votre main ?

Hilda baissa la tête. Elle tremblait de joie, mais elle n'osait laisser voir combien elle était heureuse.

— Vous ne répondez pas ?

— C'est à mon père qu'il faut demander ma main, dit-elle, ce n'est pas à moi.

— Et si votre père me l'accorde, que direz-vous ?

— J'obéirai à mon père.

— Obéir !... et si j'espérais davantage ? ajouta le prince en se rapprochant de la jeune fille et en lui prenant la main.

Hilda lui laissa sa main et garda le silence.

— Hilda, dit-il gravement, je veux l'amour de la femme qui portera mon nom. C'est parce que je vous aime que je vous choisis. Si

vous me permettez de demander votre main
à votre père, je croirai que, vous aussi, vous
m'aimez ; c'est donc à vous que je m'adresse
d'abord.

Hilda le regarda cette fois avec un sourire
si radieux qu'il comprit la muette réponse de
la jeune fille.

— Merci, dit-il en lui baisant la main.

D'autres couples entraient dans la serre.
Hilda se leva et retourna dans la salle de bal.
Sa gaieté insouciante s'était envolée. Elle
sentait qu'une heure grave venait de sonner
dans sa vie, et elle éprouvait le besoin d'être
loin de la foule, car elle avait hâte de sou-
lager son cœur et de dire à un être aimé
combien elle était heureuse.

Le prince se tenait discrètement à l'écart.
Il s'entretenait avec Olga.

Hilda s'approcha de sa mère et prétexta un
peu de fatigue pour ne plus danser.

Il était tard. La comtesse proposa de se

retirer. Elle se leva et fit un signe à Olga, qui se hâta de venir.

Le prince les salua au passage.

Quand Hilda fut devant lui : « A demain, » lui dit-il à demi-voix.

— A demain, répondit Hilda.

Lorsque Hilda eut reçu de son père et de sa mère le baiser du soir et qu'elle fut rentrée avec sa sœur dans la chambre qu'elles partageaient depuis leur enfance, elle se jeta au cou d'Olga.

— Chère, chère Olga, lui dit-elle, je suis si heureuse !

— Qu'as-tu ?

— Il m'aime, lui !

— Qui ?

— Le prince !

Olga pâlit affreusement.

— Il m'aime, continua Hilda sans remarquer le trouble de sa sœur; il m'aime, comprends-tu ? Lui, si beau, si intelligent, si bon! Il m'aime, et demain il viendra demander ma main à mon père.

Olga se sentait défaillir.

Hilda vit le trouble de sa sœur et en fut bouleversée.

— Qu'as-tu, toi? lui dit-elle en saisissant sa main avec violence.

— Rien, enfant, répondit Olga en faisant un effort qui lui déchirait le cœur. Et elle essayait de sourire.

— Tu es si pâle que tu m'effrayes. Mon bonheur ne trouve-t-il donc pas d'écho dans ton cœur que tu restes là immobile et froide?

— Oh, Hilda!

Et elle entoura de ses bras la jeune fille qu'elle couvrit de baisers.

— Vois-tu, lui dit-elle, j'ai été faible. Je vais te perdre et c'est cette pensée qui m'a fait pâlir. Pardonne-moi!

— Me perdre! fit Hilda émue à son tour.

— Oui, quand tu seras à lui !

— Mon Olga !

Et des larmes brillèrent dans les yeux de Hilda.

— Tu l'aimes, n'est-ce pas ?

— Si je l'aime ! Et le visage de Hilda prit une telle expression d'innocente ivresse qu'Olga pâlit de nouveau.

— Enfant, dit-elle encore en la baisant au front, il est digne de ton amour et je lui pardonne de t'enlever à nous, puisque c'est pour te rendre heureuse.

Hilda s'endormit le sourire sur les lèvres. Une nouvelle existence commençait pour elle, et l'amour avec ses songes dorés berça son sommeil jusqu'au matin.

Olga ne dormit point. Quand elle entendit le souffle paisible de sa sœur, elle se leva sans bruit et vint s'agenouiller devant le lit de Hilda. A la pâle lumière d'une veilleuse, elle regarda longtemps en silence ce gracieux visage auquel le repos donnait une teinte rose qui en augmentait le charme ; elle souleva les boucles de sa sœur pour mieux la contempler, et voyant au cou de Hilda une petite croix d'or qu'elle lui avait donnée à sa dernière fête, elle la baisa en pleurant.

Il y avait dans la chambre un portrait de Hilda enfant. Olga s'en approcha doucement. Toute son existence passée lui revint à la mémoire : leurs premiers jeux, leur tendresse, cette vie sans nuages où tous les jours étaient beaux. « Mon Dieu ! dit-elle en s'agenouillant devant cette tête d'enfant qui semblait lui sourire encore, donnez-moi la force de cacher que je souffre jusqu'à ce qu'elle soit heureuse !

Le lendemain, le prince vint demander officiellement la main de Hilda. Ses vœux furent agréés.

La comtesse était rayonnante de joie et d'orgueil maternel. Le père de Hilda, après avoir consulté sa fille en souriant et avoir reçu d'elle un oui timide, prit sa main et la mit dans celle du prince. « Je vous la donne, dit-il avec une émotion qu'il ne cherchait même pas à cacher, parce que j'ai confiance en vous. Vous la rendrez heureuse, n'est-ce pas ? »

— Je vous le promets.

— Et un serrement de main énergique accompagna cette parole du jeune homme.

Le comte se tourna vers Olga, et la voyant toute triste, il lui ouvrit ses bras. Elle appuya sa tête contre le cœur de son père. Pauvre père ! s'il avait su tout ce qu'il fallait de courage à cette enfant de dix-huit ans pour lui sourire ! Et cependant Olga souriait à son père, et son regard — ce regard où l'on cherchait si souvent le mot d'une énigme — lui disait tout ce que sa tendresse était pour elle et tout ce qu'elle voulait être pour lui.

A partir de ce jour, le prince fut traité comme un fils dans la maison du comte.

Hilda et Wladimir s'aimaient et cet amour ne fit que grandir dans l'intimité qu'autorisait le lien qui les unissait désormais.

Le prince était si épris de sa belle fiancée que sa passion se traduisait en paroles brûlantes, maintenant qu'il lui était permis de laisser un libre cours à l'expression de sa tendresse.

Hilda, nature ardente elle-même, s'enivrait de son langage. Timide d'abord et osant à peine lever les yeux vers lui, elle avait appris peu à peu à lui dire ce qui se passait dans son cœur et Wladimir savait combien il était aimé.

Depuis ses fiançailles, le prince témoignait à Olga l'attachement d'un frère. Il voulait qu'elle fût toujours là et que rien ne changeât dans la vie des deux jeunes filles jusqu'au moment de son mariage. Olga était donc condamnée à assister jour par jour, heure par heure, au spectacle de cet amour qui la tuait lentement. Elle était sans cesse la même, douce, aimante; peut-être même y avait-il dans sa tendresse pour Hilda quelque chose de plus ardent qu'autrefois.

On donna un grand bal pour célébrer les fiançailles du prince avec Hilda. Le bal fut splendide et Hilda, dans sa robe blanche de fiancée, était l'image vivante de l'amour heureux.

Le soir de cette fête, le comte remarqua pour la première fois qu'Olga était très-pâle et qu'elle semblait faire un effort pour prendre part à la gaieté générale. Tantôt son animation avait un caractère fiévreux qui n'était pas naturel chez elle, tantôt son regard trahissait un abattement plein de tristesse. Mais le comte crut qu'Olga songeait au prochain mariage de sa sœur et que la pensée de perdre Hilda causait seule cette pâleur et ce chagrin. Aussi, sans s'inquiéter davantage, se contenta-t-il de redoubler de soins pour sa fille aînée.

Le mariage eut lieu au mois de mai. La corbeille offerte à Hilda par son fiancé était digne d'une reine. Hilda voulut cependant conserver sa simplicité de jeune fille, le jour de son mariage. Elle mit une robe de soie blanche sans dentelles et un voile de tulle qui l'enveloppait jusqu'aux pieds. Ce fut Olga qui attacha son voile et mit dans ses cheveux sa couronne de fleurs d'oranger.

Quand Olga eut achevé de parer sa sœur de ses propres mains, Hilda prit sur la toilette une petite chaîne d'or à laquelle était suspendu un magnifique médaillon avec les chiffres H et W en diamants.

— Olga, dit la fiancée, accepte ceci en souvenir de mon mariage, et puisse ma vie de jeune femme être aussi heureuse par l'amour de Wladimir que ma vie d'enfant et de jeune fille l'a été par ta tendresse et par celle de mon père et de ma mère. Rien ne sera changé entre nous, n'est-ce pas, Olga, et tu resteras

toujours pour moi ce que tu as été jusqu'aujourd'hui?

Une contraction douloureuse fit tressaillir
tous les muscles du visage d'Olga.

— Hilda, dit-elle d'une voix fortement
émue, tu as été la première affection de ma
vie, avec mon père et ma mère, et ces affec-
tions-là, on ne les oublie jamais.

A l'église, Olga était agenouillée derrière
sa sœur. Quand le prince passa l'anneau
nuptial au doigt de Hilda, un frisson fit
trembler Olga et elle chancela un instant
sur son prie-Dieu. Mais elle se domina
avec un violent effort et releva la tête.

L'orgue retentit. Olga écouta comme
dans un rêve ce chant qui semblait porter
au ciel la joie des jeunes époux en transports
d'allégresse.

La cérémonie finie, elle embrassa Hilda
et serra la main à son beau-frère. Elle n'avait
pas versé une seule larme.

Hilda rentra pour la dernière fois dans la maison paternelle. Elle alla changer sa toilette de mariée contre un costume de voyage. Ce fut encore Olga qui l'aida.

Une voiture de poste du prince attendait devant l'hôtel. Hilda embrassa son père et sa mère et se jeta en pleurant dans les bras d'Olga. Elles restèrent quelques instants sans parler. Hilda ne pouvait s'arracher des bras de sa sœur.

Le prince s'approcha doucement d'elle et la prit par la main.

— Hilda, lui dit-il avec tendresse, viens, mon amour.

Hilda obéit.

Le prince s'avança vers sa belle-sœur pour l'embrasser aussi.

Olga tressaillit.

— Au revoir, Olga, lui dit-il en la baisant au front.

— Adieu, répondit Olga, froide comme le marbre et plus pâle que la mort.

Quand on entendit s'éloigner la voiture qui emportait les jeunes époux, Olga se laissa tomber sur une chaise. Des sanglots convulsifs soulevaient sa poitrine, comme si son cœur allait se briser.

La comtesse s'approcha d'elle pour la consoler.

— Mère! oh mère! emmène-moi loin d'ici, s'écria la jeune fille d'une voix si déchirante que la comtesse en frémit; emmène-moi, car je sens que je meurs!

— Qu'as-tu, mon enfant? fit le comte tout alarmé.

— Mère, continua la jeune fille à travers ses sanglots, maintenant qu'Hilda est heureuse je puis tout dire. Moi aussi, je l'aime!

Le comte resta comme foudroyé.

— Tu l'aimes? qui? exclama la comtesse avec terreur.

— Wladimir.

Son cœur de mère, qui avait si souvent penché vers Hilda, tressaillit à ce mot.

— Mon enfant! ma pauvre enfant! ma noble Olga!

Et elle serrait dans ses bras la tête pâle de la jeune fille, couvrant de baisers son front et ses yeux.

Longtemps on n'entendit dans cette chambre d'où Hilda venait de sortir comme jeune épouse que des sanglots entrecoupés de paroles de tendresse.

Le comte marchait en silence. Il semblait vieilli de dix ans en une heure.

Il laissa Olga dans les bras de sa mère jusqu'à ce qu'il la vît plus calme, puis il s'approcha d'elle et lui prit la main.

— Olga, lui dit-il de sa voix grave, tu as été sublime, et moi qui suis homme, je m'incline avec respect devant ton courage.

— Père, Hilda est ma sœur.

— Oui, je sais. Mais tu as dû bien souf-

frir et ces luttes ont usé tes forces. Nous
allons partir, Olga. Le soleil d'Italie te gué-
rira et nous t'aimerons tant que tu oublieras
ce premier chagrin de ta vie.

Olga secoua tristement la tête.

— Je l'aime, dit-elle, et cet amour me tue.

— Essaye de vivre pour nous, mon enfant.

Et Olga, jetant les yeux sur son père,
rencontra un regard plein de tant de tendresse et de tant de douleur qu'elle fit un
effort suprême pour sécher ses larmes et dit
fermement :

— J'essayerai.

Deux jours après, on partait pour Vienne,
et, de là, pour Venise.

On avait écrit au prince que l'émotion de
la séparation avait fait tant de mal à Olga
qu'il était nécessaire de la distraire de son
chagrin, et qu'un voyage en Italie avait été
décidé. Le prétexte était si plausible que la

chose parut toute naturelle au prince et à Hilda.

Les premières lettres de Hilda trouvèrent sa famille à Venise. Hilda était dans toute l'ivresse du bonheur; elle adorait Wladimir et Wladimir l'adorait.

Olga avait repris le calme de sa douce nature. Elle allait partout avec son père et ne se plaignait jamais. Mais Venise, avec sa poésie enchanteresse, Venise avec ses lagunes, ses gondoles, son lido, Venise la laissait froide. On la mena à Saint-Marc; elle visita les églises, les galeries, et restait toujours sans rien dire, comme un corps sans âme qui regarde et ne voit pas. La nuit seulement, quand tout était silencieux, elle se levait sans bruit et s'accoudait à sa fenêtre. Ses yeux alors ne se détachaient pas du ciel étoilé.

Le comte avait consulté pour sa fille le plus célèbre médecin de Vienne.

— L'effort qu'elle a fait pour cacher si longtemps son chagrin était au-dessus des forces d'une organisation aussi frêle, avait répondu le docteur; c'est un cas exceptionnel où l'âme tue le corps. S'il ne se produit aucune réaction, il est impossible de la sauver; il faut la distraire à tout prix.

De Venise, on se rendit à Florence.

Le comte loua une des plus belles villas de Fiesole et s'y établit avec sa famille.

Une partie de l'été s'écoula ainsi. On fit voir à Olga toute la ravissante campagne de la Toscane. Les plus fortes chaleurs de l'été passées, son père visita avec elle les monuments de la ville, les galeries, toutes les richesses artistiques qui font de Florence une des plus belles villes du monde, comme sa situation exceptionnelle et son climat délicieux en font un des séjours les plus agréables de l'Europe. Olga restait toujours la même. Quelquefois, devant un beau tableau ou une

belle statue, elle s'arrêtait un instant en extase et son regard reprenait cette profondeur
d'autrefois qui indiquait chez elle une si
forte compréhension du beau. Puis elle re-
tombait dans son immobilité morne et navrante. On eût dit que le ressort de son âme
était brisé.

Sa beauté, si rayonnante autrefois, avait
perdu toute sa fraîcheur, mais en même
temps elle avait pris un caractère céleste.

Olga semblait déjà ne plus appartenir à la
terre.

Vers l'automne, sa santé déclina tout à
fait, et le comte commença à comprendre
qu'Olga avait eu raison et que son amour la
tuait.

Olga et Hilda s'écrivaient toujours, et la
jeune femme n'avait aucun soupçon de la
cause morale qui minait la santé de sa sœur.
Olga savait que la vérité eût brisé à jamais
le bonheur de celle qu'elle aimait tant, aussi

chacune de ses lettres à Hilda était-elle un pieux mensonge.

Tout en lui rappelant qu'elle n'avait jamais été bien forte, elle lui parlait vaguement d'une amélioration qu'elle n'éprouvait pas, et cherchait par mille moyens que lui suggérait sa tendresse à rassurer la sollicitude inquiète de Hilda qui, voyant la maladie de sa sœur se prolonger pendant des mois, commençait à exprimer le vif désir de la revoir. Ce besoin de se rapprocher de celle qui avait été la compagne de toute sa vie devenait d'autant plus ardent que Hilda avait le doux espoir d'être bientôt mère.

Parler avec son Olga du petit être adoré qu'elle attendait avec tant de joie, c'eût été pour le cœur de Hilda une telle fête !

Toutefois ce rapprochement si difficile à éviter était impossible ; il n'eût fait que hâter la fin de la malade. Le comte le savait. Il ne vit qu'un parti à prendre : c'était de tout dire à son gendre. Il écrivit donc au prince la triste vérité.

Cette révélation fut un coup de foudre pour Wladimir. Il avait une tendre affection pour son beau-père ; il aimait Olga comme une sœur, et la pensée d'avoir été la cause involontaire d'un malheur irréparable vint assombrir les joies de son union si heureuse jusque-là. Mais il savait qu'Hilda l'adorait ; chaque jour, chaque heure de sa vie elle en donnait la preuve, car Wladimir, c'était pour elle l'idéal. Elle se reposait dans l'ivresse ineffable de son amour avec une confiance sans bornes, et le nouveau lien qui l'unissait à son époux avait comme doublé en elle la puissance d'aimer.

Aussi Wladimir ne voulut-il pas qu'un nuage même vînt troubler la paix de celle qu'il avait choisie pour la rendre heureuse. Hilda devait ignorer à jamais le malheur de sa famille, et le comte, qui avait recommandé

le secret à son gendre, ne le lui avait pas recommandé en vain.

Afin de rendre impossible l'exécution du
plan de Hilda qui projetait de rejoindre sa
sœur à Florence, Wladimir eut recours au
docteur et fit interdire les voyages à sa jeune
femme, sous prétexte que son état rendait
toute fatigue dangereuse. Hilda céda à regret
mais avec soumission et sans se douter de
rien, attendant néanmoins avec impatience
le moment de sa délivrance pour embrasser
sa famille.

. Les premiers mois de l'hiver s'écoulèrent
ainsi.

A mesure que ses forces s'éteignaient,
Olga devenait plus tendre pour tous ceux
qu'elle aimait. Elle écrivait plus souvent à
Hilda.

Faible comme elle l'était, elle faisait un
effort pour entourer de ses soins son bon
père, dans les bras duquel elle allait souvent

chercher un refuge contre la douleur, lorsque son cœur malade et las de la vie la faisait trop souffrir. Son père la comprenait mieux que sa mère ; Olga le savait, et si, dans le premier moment de désespoir, le cri de la nature l'avait jetée dans les bras de la comtesse, ce n'était que par ce sentiment instinctif de pudeur qui rend si difficile à une jeune fille l'aveu de son amour à tout autre qu'à sa mère.

Olga avait tout vu à Florence ; on voulut essayer sur elle l'effet de nouvelles impressions et son père l'emmena à Naples.

Naples ! avec son ciel d'azur et son golfe enchanteur ! Naples, avec la douce brise de mer qui berce si mollement la pensée ! Naples, avec les fleurs de ses collines ! Naples, avec ses paysages que l'on n'oublie jamais, lorsque le regard les a contemplés, ne fût-ce qu'une seule fois !

Olga sembla un instant y revivre. La puis-

sance que les arts n'avaient point exercée
sur son organisation, la nature parut l'avoir.

Oh Dieu ! que c'est beau ! s'était-elle
écriée, les mains jointes et le regard comme
transfiguré, lorsque le premier soir, couchée
sur son balcon et entourée de ses fleurs favorites que la tendresse de son père y avait
rassemblées pour elle, elle contempla ce golfe
unique au monde, éclairé des feux du soleil
couchant !

Elle resta longtemps immobile, sans parler, regardant toujours, toujours, jusqu'à ce
qu'Ischia, Capri, Sorrente, tout s'évanouît,
peu à peu devant elle comme une vision,
comme un rêve; jusqu'à ce que la brume
effaçât lentement les contours des coteaux ;
jusqu'à ce que la ville elle-même finît par
disparaître dans les ombres de la nuit.

Le comte, tout heureux de ce réveil des
émotions dans la nature autrefois si profondément sensible au beau de son enfant ado-

rée, sentit renaître en lui l'espoir de la sauver. Il parcourut avec elle tous les environs
de Naples, non-seulement en père attentif au
soin de sa santé, mais en artiste capable d'ex-
citer en elle le feu sacré de l'enthousiasme.

Olga passa ainsi quelques semaines qui
furent pour son pauvre père des jours de
fête et qui devaient, hélas ! être aussi la dernière fête d'Olga sur cette terre !

Elle avait pris une prédilection toute marquée pour Sorrente. Le comte y loua aussitôt
une villa d'où l'on jouissait de la plus belle
vue du golfe. Olga, assise sur sa terrasse, lisait comme autrefois Mickiewicz à son père.
Elle lui avait demandé aussi un piano et,
malgré son état d'apparente faiblesse, elle
passait des heures à jouer Beethoven.

Certaines mélodies que Wladimir avait
aimées, elle les répétait sans cesse, et son in-
terprétation était si admirable qu'elle pro-
duisait de l'émotion sur tous ceux qui l'en=

tendaient, et que les passants s'arrêtaient
sous ses fenêtres pour l'écouter.

Tout le monde à Sorrente connaissait la
jeune malade et s'intéressait à elle.

Quand elle allait à l'église, le dimanche,
en la voyant si belle et si pâle, avec sa couronne de cheveux blonds qui lui donnait
comme une auréole d'or, les enfants du peu-
ple disaient tout bas : Voilà la Madonna. Et
ils se rangeaient pour la laisser passer.

Olga aimait les enfants. Les petits pêcheurs de Sorrente la savaient aussi généreuse que belle et lui apportaient sans crainte
des oranges et des fleurs. Olga leur souriait
toujours et ils ne s'en allaient jamais les
mains vides.

Mais tandis que le comte s'abandonnait
à l'illusion de sauver son enfant, Olga sentait ses forces diminuer de jour en jour.
Longtemps, à force d'énergie, elle réussit à
se tenir debout sans laisser soupçonner l'ef-

fort qu'elle faisait pour lutter contre la faiblesse. Mais un jour, en se soulevant de son fauteuil pour marcher vers le balcon, elle chancela.

Son père le vit et s'élança pour la soutenir. Elle s'appuya sur son bras en souriant et gagna la terrasse. Le comte s'assit à côté d'elle. Olga laissa sa main dans celle de son père. Il y eut un long silence et la jeune fille parut s'endormir. Le comte resta immobile pour ne pas troubler son repos. La brise était un peu fraîche. Olga frissonna. Son père se leva doucement et alla chercher un cachemire dans lequel il l'enveloppa.

— Merci, père, lui dit-elle en ouvrant les yeux ; merci, mon bon père.

Et elle baisa la main du comte qu'elle tenait serrée dans la sienne.

Son père la regarda avec cette tendresse ineffable que nous inspirent ceux que nous aimons et que nous craignons de perdre.

— Père, lui dit-elle tout bas, si bas qu'on l'entendit à peine, me pardonnes-tu de te faire tant souffrir ?

Le comte tressaillit.

— Souffrir ! mon enfant.

— Oui, père, ces cheveux, c'est moi qui les ai fait blanchir.

Et elle désigna du doigt les cheveux du comte, qui étaient devenus gris en quelques mois.

— Non, mon enfant, tu t'abuses. Le malheur et le bonheur sont des messagers de Dieu. C'est comme venant de Dieu que j'ai accepté l'épreuve qui nous a frappés.

— Oh père !

— Mon Olga, pourvu que tu guérisses, toutes les souffrances passées seront oubliées et nous recommencerons à vivre comme autrefois.

Olga secoua lentement la tête.

— Père, lui dit-elle, j'ai essayé de vivre

pour toi ; je ne le puis pas et je sens que je meurs.

Une contraction douloureuse plissa le front du comte.

— Oui, je sais que tu souffres, continua Olga, et c'est ce qui me rend la mort amère ; mais, père, nous ne serons pas séparés longtemps.

— Mon enfant !

— Vois-tu, je te dois la croyance en l'infini des mondes, comme je te dois le sentiment du vrai et l'instinct du beau. C'est pourquoi je ne crains pas de mourir. Quand j'ai compris que le bonheur ne saurait exister pour moi sur cette terre, mon âme s'est élevée en silence vers une autre patrie, et depuis ce jour je marche vers cette patrie nouvelle sans que ton amour lui-même puisse me retenir plus longtemps ici-bas. Ne me plains pas et ne pleure pas trop, mon pauvre père ! Dans le monde d'harmonie et de lumière où je serai bientôt, je me souviendrai de ta tendresse et mon âme te sourira souvent du haut de ces blanches étoiles qui scintillent dans l'azur des cieux !

Le comte baisa en silence le front de sa fille et ne répondit pas.

Olga regarda ensuite les orangers en fleurs que baigne de ses flots transparents la mer de Sorrente.

— Si je meurs, dit-elle, je voudrais être enterrée là-bas.

Et elle aspira avec délices le parfum que lui apportait la brise.

— Père, fit-elle encore après une pause, il faut que Hilda ignore à jamais ce qui me fait mourir. Promets-le-moi.

— Je te le promets.

— Tu lui diras, n'est-ce pas, combien je l'ai aimée?

A ces mots, des larmes brillèrent dans les yeux d'Olga.

— Je lui dirai que sa sœur était un ange trop pur pour cette terre et que...

Les sanglots empêchèrent le comte d'achever.

. . . . . . . . . . . . . . . . . . . .

Un mois après, Olga expirait dans les bras de son père. Elle repose à Sorrente, à l'ombre des orangers.

Hilda n'a jamais su le secret de la mort de sa sœur.

Le prince Wladimir n'a qu'un enfant. C'est une fille ; elle se nomme Olga.

12.

# LES PERVENCHES

# LES PERVENCHES

Nous sommes à Passy.

Un vent frais de septembre répand les suaves parfums des champs dans un salon richement meublé, dont les fenêtres s'ouvrent de plain-pied sur un jardin où s'épanouissent les dernières fleurs de l'été.

Çà et là des roses étalent leurs charmes coquets; le réséda et le géranium fleurissent encore; la verveine marie ses couleurs à celle de l'héliotrope; le lierre grimpe le long du mur, comme un ami fidèle qui protége le toit hospitalier.

Les fauvettes chantent dans les rameaux ; on dirait un second mois de mai.

A l'intérieur de la maison, une jeune femme est à demi couchée sur un sofa ; elle tient un papier à la main. Une petite fille de cinq ans joue à ses pieds, sur le tapis.

L'enfant est évidemment absorbée. Ses yeux tout grands ouverts, contemplent les unes après les autres les gravures d'un album ; ses doigts mignons se fixent tour à tour sur les héros du conte ; elle se dit à elle-même, avec la naïveté adorable du premier âge, les belles histoires que représentent ces images.

— Mère, s'écrie-t-elle tout à coup en relevant la tête, pourquoi ne me dis-tu rien ? Tu ne joues pas avec moi aujourd'hui ? Que signifie cette vilaine lettre que tu lis là ? montre !...

Et sàutant sur les genoux de la jeune femme, l'enfant se mit à saisir le papier et à l'examiner en tous sens.

— Tu as l'air triste, maman ; est-ce ce papier qui te fait de la peine ? Viens au jardin ; il fait si beau ! Tiens, je vais mettre mon chapeau et t'apporter le tien.

M<sup>me</sup> Flavien suivit du regard sa fille qui se sauvait en courant sans attendre sa réponse, et elle n'eut que le temps de lui dire ces mots :

— Prends garde, Marie, ne réveille pas ton père.

A peine l'enfant fut-elle sortie, que M<sup>me</sup> Flavien se leva, plia le papier que sa fille avait rejeté sur le sofa et s'avança vers le jardin. Elle paraissait préoccupée ; une expression d'inquiétude et presque de mélancolie voilait son regard.

C'était une ravissante jeune femme, M<sup>me</sup> Flavien.

Elle avait une vingtaine d'années à peine, le front intelligent, le sourire passionné, des cheveux châtains épais et brillants, un profil grec.

Marie revint au bout d'un instant.

Vive comme un écureuil, elle sauta sur une chaise et mit elle-même le chapeau sur les bandeaux de sa mère. Puis, arrangeant avec grâce la plume rebelle qui ne se courbait pas à son gré : Petite mère, dit-elle en regardant avec complaisance le charmant visage de sa maman, petite mère, comme tu es jolie ! si père te voyait, comme il serait content !

M<sup>me</sup> Flavien ne répondit rien, mais elle s'inclina en silence et deux larmes tombèrent sur le cou de l'enfant avant qu'elle l'eût baisé.

Elles allèrent s'asseoir sous une charmille. Des centaines de pervenches ouvraient tout autour leurs corolles bleues. Marie s'en alla faire la moisson.

Son tablier fut bien vite rempli. Elle re
vint s'asseoir à côté de sa mère et, tout en
arrangeant son bouquet, elle la regardait à
la dérobée.

— Mère, dit-elle tout à coup, si je faisais
une couronne pour petit père ! Mais je n'ai
pas de fil pour nouer mes pervenches. Oh ! la
bonne idée ! tu vas me donner ce joli ruban
bleu qui attache ton médaillon.

Et déjà l'espiègle avait défait le nœud et
détachait le bijou.

— J'aime ce médaillon, ajouta-t-elle ; tu
me le donneras quand je serai grande, n'est-
ce pas ?

— Jamais, mon enfant.

— Et pourquoi ? fit-elle avec une gentille
petite moue.

— Parce que c'est le seul objet qui me
reste de mon père et que je veux le conserver
tant que je vivrai.

— Tu ne me racontes jamais rien de ton

13

père, maman; y a-t-il longtemps qu'il est mort?

— Oh! longtemps, bien longtemps; je n'étais pas plus grande que toi quand je l'ai perdu.

— Et ta mère?

— Elle succomba en me donnant le jour.

— Pauvre maman! alors tu n'avais personne pour t'aimer quand tu étais petite?

— Si, mon enfant. Ton père était l'ami du mien; il me recueillit et prit soin de moi. Petite, il m'appela sa fille; plus tard je devins sa femme.

— Pourquoi n'es-tu pas restée sa fille, maman? papa est beaucoup plus âgé que toi.

— Je te dirai cela, mon enfant, quand tu seras assez raisonnable pour le comprendre.

Cette conversation était visiblement pénible à la jeune femme. Sa physionomie s'assombrissait à chaque nouvelle question de l'enfant. Mais Marie ne s'apercevait pas du trouble de sa mère. Elle s'assit sur ses genoux, et passant ses bras autour de son cou : Maman, dit-elle tout bas et comme si elle craignait d'être entendue, est-ce que papa ne me verra jamais?

— Je ne sais, mon enfant, répondit M<sup>me</sup> Flavien, la voix pleine de larmes. Il faut prier Dieu; peut-être guérira-t-il ton père.

Et elle passa la main sur les cheveux de l'enfant en la caressant avec amour.

— Je le prie tous les jours, répondit Marie, depuis que tu m'as dit que le bon Dieu écoute les petits enfants quand ils lui demandent quelque chose pour ceux qu'ils aiment. Mais, maman, papa a-t-il toujours été aveugle?

— Non, mon enfant, il a perdu la vue à la suite d'une grave maladie, un an avant mon mariage.

— Oh mère, alors je comprends pourquoi tu es devenue sa femme, c'était pour le soigner, n'est-ce pas? tu ne voulais jamais le quitter, et si tu avais épousé un autre monsieur, il t'aurait peut-être emmenée loin d'ici.

— Cher trésor! dit M^me Flavien, l'innocence de ton âme te montre quelle était pour moi la route du devoir. Ton cœur a deviné juste, ma fille. Il m'avait recueillie alors que je n'avais personne au monde; j'ai voulu le soigner à mon tour, lorsque ma main était la seule qui lui restât dans l'univers pour guider ses pas que son regard ne dirigeait plus.

A ce moment, M. Flavien paraissait à l'entrée du jardin, appuyé sur le bras d'un domestique, et sa voix répéta à plusieurs reprises d'un ton joyeux : — Isabelle, Marie, où êtes-vous?

— Ici, papa, répondit l'enfant en courant à sa rencontre.

Sa mère la suivit plus lentement et le regard qu'elle jeta sur le groupe du père et de
l'enfant, trahissait une muette douleur.

Le soir, M. et M^me Flavien se trouvaient
seuls au salon. Marie reposait déjà.

La jeune femme venait de terminer une
lecture, et le pauvre aveugle, assis devant
elle dans un grand fauteuil, baissait la tête
comme pour saisir encore les derniers sons
de la voix mélodieuse qui s'éteignait dans l'air.

M. Flavien avait soixante ans peut-être,
le front dépouillé mais calme, de ce calme
serein qui vient de la conscience. Ses yeux
sans regard se voilaient sans cesse de ses
paupières pâlies agitées par un tremblement
nerveux. Sa main soutenait son front. Il
paraissait sommeiller et c'était pour ne pas
troubler son repos que sa femme venait d'in-
terrompre sa lecture. Elle se trompait cependant. En ce moment même l'aveugle
songeait à elle et son âme tenait en silence

un de ces monologues qui font monter les larmes du cœur aux yeux.

— Merci, Isabelle, dit-il tout à coup avec un sourire; merci, mon enfant. Cette lecture m'a fait du bien; vous avez été bonne comme toujours.

— Bonne, mon ami! et pourquoi? Quel mérite y a-t-il à lire avec vous ces pages sublimes où le génie du poëte fait tressaillir votre esprit d'homme et battre plus vite mon cœur de femme, troublé et ému par ses accents? Le plaisir que je vous donne, je le partage tout entier; ne me sachez donc aucun gré d'avoir passé une heure à lire Jocelyn.

Et la charmante lectrice glissa tout doucement sa petite main dans celle du vieillard, qui la saisit vivement et la garda prisonnière pendant quelques secondes.

— Isabelle, dit-il d'une voix de tendre prière, êtes-vous trop fatiguée pour me chanter un peu!

— Certes non, mon ami.

Et ses doigts parcoururent aussitôt les touches d'un piano d'Érard, dont le son large et puissant avait quelque chose du moelleux de l'orgue.

— Que faut-il vous chanter? ajouta-t-elle gaiement en faisant le demi-tour sur son tabouret : du gris ou du rose? une barcarolle ou une romance de Mendelssohn ?

— *L'Éclair,* Isabelle.

— *L'Éclair!* et pourquoi toujours cette triste mélodie, qui vous rappelle votre malheur et nous cause à tous deux de pénibles émotions?

— Ces pénibles émotions ont leur charme, mon amie ; si vous commencez la romance par ces mots :

> Quand de la nuit l'épais nuage
> Couvrait mes yeux de son bandeau;

ne la finissez-vous point par ces mots qui me

semblent dans votre bouche un écho du ciel :

> C'est l'espérance en l'avenir
> Sans espérance, mieux vaut mourir !

car, moi aussi, j'espère, Isabelle. Laissez-moi rêver que je ne mourrai point sans contempler encore une fois votre tête adorée, sans plonger mes yeux dans ceux de mon enfant.

— Puisque vous le désirez, je n'ai aucune objection à faire.

Et M^{me} Flavien entonna les premières notes de cette suave mélodie dans laquelle l'âme gémit et soupire, aime et espère.

Elle avait fini. Avec une grâce pleine de mélancolie, elle revint s'asseoir à côté de son mari. Il l'attira à lui plus tendrement encore. Si son regard ne la voyait point, son âme l'enveloppait dans une immense adoration.

— Pauvre enfant ! fit-il, à vingt ans passer votre vie auprès d'un vieillard aveugle!

— Voilà qui est méchant, dit-elle; ne suis-je pas heureuse? Dieu ne m'a-t il pas comblée de mille bénédictions? Ne comptez-vous pour rien le bonheur de vivre auprès de vous, de vous témoigner ma gratitude, ma tendresse?

— Votre tendresse! oui, Isabelle, vous m'aimez comme un père, un ami!

— Je vous aime, je vous révère, interrompit-elle avec un mélange de véhémence et de calme, comme on aime la bonté, comme on révère l'honneur. Je vous dois tout au monde. Vous n'avez pas permis à l'enfant abandonnée de sentir qu'elle était orpheline; j'étais pauvre et vous m'avez comblée de tous les dons de la fortune. Combien je serais ingrate, si j'oubliais un seul instant votre sollicitude, votre dévouement! Ne vous dois-je pas davantage encore? à deux pas de nous repose une enfant

13.

qui m'appelle sa mère; c'est à vous et à moi qu'appartient ce trésor. Oh! je n'ai rien à envier à personne; veiller sur vous et sur mon enfant, n'est-ce pas le bonheur suprême! je ne demande rien de plus à la vie.

— Isabelle! il est des joies que vous n'avez jamais connues et... ajouta-t-il d'une voix plus sourde, que vous ne connaîtrez jamais, à moins que la mort ne vienne fermer mes yeux. Je me demande souvent si, en voulant vous rendre heureuse, je n'ai point brisé votre vie.

— De grâce, mon ami, ne parlez pas ainsi; vous me faites mal.

— Si, laissez-moi vous dévoiler mon âme tout entière. Isabelle, il y a des heures où j'ai peur de perdre le petit paradis que m'a créé votre touchante abnégation. Pendant ces heures-là, je pense à vos vingt ans et à ma vieillesse, à votre beauté et à mon infirmité. Vous êtes si noble et si pure que les

passions ne sont jamais venues troubler vos
rêves; vous ne connaissez point l'amour dans
ce qu'il a d'ardent et de passionné. Oh!
ignorez-le à jamais!... Et cependant vous
êtes si bien faite pour comprendre ses joies,
pour donner toute votre âme!

— Ne vous l'ai-je pas donnée en vous con-
sacrant ma vie?

Si l'aveugle avait pu voir à cet instant le
visage de M^me Flavien, l'expression de cette
physionomie aurait causé en lui un trouble
étrange. Sa tête baissée rayonnait de candeu r
et d'ivresse, d'enthousiasme et de sainte résignation.

Ses yeux, errant dans l'espace, semblaient
y chercher le fantôme de cet amour puissant
qu'on venait d'évoquer devant sa pensée;
son âme volait au devant de je ne sais quel
messager charmant, qui lui souriait à l'ombre d'un éden mystérieux que ses vingt ans
entrevoyaient comme dans un rêve.

— Isabelle, m'aimez-vous?

Ce mot la fit tressaillir. Elle parut sortir d'un songe. Toute sa vie passée revint à sa mémoire. Une miniature de sa fille était posée sur la table. Son regard rencontra le visage souriant de l'enfant. L'amour maternel triompha des aspirations de la femme.

— Vous êtes bon, dit-elle à son mari, et je vous aimerai toute ma vie.

— Oh! merci, merci, fit-il, et un rayon du ciel illumina son pâle visage... merci!

Sa main qui se tendait vers elle, rencontra sur son passage quelque chose de frais et de doux.

— Les pervenches de Marie, dit-elle en s'emparant de la couronne de l'enfant. Elle a cueilli ces fleurs pour vous.

— Vos mains ne l'ont-elles pas aidée dans ce travail?

— Si, interrompit-elle, et la petite mutine

m'a enlevé un ruban que je portais au cou,
pour nouer sa couronne.

— Et ce ruban était ?

— Bleu ! c'est la couleur que vous préfé-
riez autrefois, lorsque j'étais enfant. Vous
m'appeliez alors petite fée bleue.

— Et maintenant j'ai grande envie de
vous appeler petit ange bleu, fit-il gaiement,
mais j'aime mieux vous nommer simplement
Isabelle. L'ange pourrait s'envoler, la femme
restera près de moi.

Enfant, voulez-vous me rendre bien heureux ?

— Certes, mon ami, que faut-il faire ?

— Posez ces pervenches dans ma chambre, à côté de votre portrait. Je ne verrai
ni l'un ni les autres, mais je sentirai leur
présence et ma main ira les toucher quelquefois en tâtonnant, lorsque je serai seul.
Quand elles se flétriront, ne les jetez pas
trop vite ; elles rappelleront au pauvre aveu-

gle une des plus douces heures de sa vie.

— Je soignerai vos pervenches et, lorsqu'elles seront fanées, je les remplacerai par
d'autres ?

— Longtemps ?

— Toujours.

Le reste de la soirée s'écoula dans une de
ces causeries intimes où l'expansion du
cœur se répand à flots, pleine de tendresse
et de vie.

Avant de se livrer au repos, M^me Flavien
passa dans la chambre de sa fille. Elle
allait ainsi chaque soir déposer un baiser sur
son front et ne s'endormait jamais qu'en
entendant par sa porte entr'ouverte la respi-
ration égale et paisible de l'enfant.

Marie dormait. Les rideaux blancs de son
petit lit, rejetés en arrière, l'entouraient
d'une draperie transparente dans laquelle
se jouaient les rayons d'une veilleuse. Ses
boucles défaites retombaient en désordre sur

ses joues fraîches et veloutées ; un charmant
sourire entr'ouvrait sa bouche, et lorsque sa
mère se baissa vers elle pour l'effleurer de
son souffle, un de ces divins instincts qui
nous laissent deviner ceux que nous aimons
même dans le calme du sommeil, fit tomber
une à une de ses lèvres ces deux syllabes qui
font battre le cœur de toutes les femmes :

— Maman !

M^{me} Flavien jeta un regard autour d'elle.
Cette chambre mignonne renfermait ce qu'elle
avait de plus cher au monde : c'était là son
univers. La petite chaise de l'enfant était
encore posée devant la table ronde ; là-bas
sa poupée reposait sur un sopha ; ici un ca
hier, là un livre, rappelaient la leçon du
matin ; plus loin, des joujoux, une tapisserie, ces mille riens charmants qui racontent
la vie de l'enfant : tout cela parlait dans son
naïf langage au cœur de la jeune mère. Elle
s'approcha de la fenêtre et souleva un coin

du rideau. Au dehors le ciel était pur; la lune
brillait douce et limpide; ses pâles rayons
éclairaient le jardin, la charmille, le bosquet à l'ombre duquel les pervenches aspi-
raient la rosée du soir. M^{me} Flavien était
plongée dans une muette extase.

— Que le monde est beau ! dit-elle tout à
coup ; que Dieu est bon !... comme il faut
peu de chose dans la vie pour être heureux :
un sourire d'enfant!... un regard de tendresse !... un peu d'amour!...

— De l'amour! ajouta-t-elle plus bas, mais
tout à l'heure j'entendais dire que l'amour
est ardent et passionné... et j'ai beau poser
la main sur mon cœur, ses battements ne
trahissent aucun trouble. Y aurait-il donc
dans l'existence humaine un mystère que je
ne connais point ?

. . . . . . . . . . . . . . . . . . . . . . .

— Bonjour père ! bonjour mère ! s'écriait
Marie le lendemain matin en entrant dans la

salle à manger comme une hirondelle sau-
tillante. Et elle grimpa tout d'abord sur les
genoux du vieillard. Ses deux bras entou-
rèrent son cou avec une grâce charmante ;
elle dérangea ses cheveux en riant et puis les
lissa elle-même ; en deux minutes, elle eut
joué dix niches et donné quatre baisers.

Puis ce fut au tour de M<sup>me</sup> Flavien. Son
premier bonjour fut un sourire. On eût dit
que l'enfant devinait, dans son ingénuité
naïve, que pour l'aveugle il fallait une caresse
des lèvres, mais que sa mère qui la voyait
chercherait avant tout une caresse des yeux.

Elle mangea la moitié d'un petit pain et en
porta le reste au jardin pour donner, disait-
elle, leur déjeuner aux oiseaux.

— Mon ami, dit tout à coup M<sup>me</sup> Flavien,
vous allez avoir le droit de me gronder, si
vous en avez la moindre envie. Essayez !
ajouta-t-elle d'un ton légèrement malicieux.

— Et pourquoi ?

— Parce qu'il est arrivé à votre adresse une lettre dont je ne vous ai pas encore communiqué le contenu. Je l'avais complétement oubliée. Aussi est-ce votre faute; comment pouvais-je parler d'affaires hier au soir!

— D'affaires? cette lettre est donc bien importante?

— Hélas oui! elle va peut-être changer notre vie, pour quelque temps du moins.

— Comment?

— Écoutez:

Mon cher oncle,

Il y a six ans que je n'ai été en France; je suis las du soleil d'Afrique. On a beau être soldat, on se sent quelquefois au cœur autre chose que l'ambition de la gloire et la soif des combats. L'amour de ce petit coin de terre que l'on appelle le sol natal vous attire, vous attire encore, jusqu'à ce qu'un beau jour on mette son havre-sac en ordre pour reprendre le chemin de la patrie

En arrivant à Paris, j'irai vous serrer la main. Je ne veux point retourner à Dijon où tout me rappellerait ma pauvre mère, mais si vous êtes disposé à accorder au voyageur l'hospitalité de votre foyer et un peu de cette vieille affection de famille qui rajeunit l'âme, je serai heureux de me reposer quelques semaines à Passy.

J'y trouverai une tante et une petite cousine que je ne connais pas, mais que je vous prie de saluer bien amicalement de ma part.

— Voilà une surprise! s'écria M. Flavien.

Georges venir ici! eh bien, qu'il soit le bienvenu! son vieil oncle ne lui gardera pas rancune de la ridicule opposition que ma sœur a faite à notre mariage. Qu'en dites-vous, Isabelle?

— Je dis, mon ami, que tout en voyant

avec plaisir vos liens de famille se renouer, il m'est pénible de songer qu'un indifférent, presqu'un étranger, viendra s'établir au milieu de nous.

Nous sommes si heureux dans notre solitude, qu'il faudra animer pour la lui rendre agréable ! c'est de l'égoïsme peut-être ! mais vous savez combien j'aime peu le monde.

— Que faire cependant !

— Le recevoir, à cela il n'y a aucun doute, et lui témoigner toute la bienveillance dont votre bon cœur est capable.

— Merci, Isabelle, d'oublier ainsi le mal qu'on vous a fait ; vous agissez avec noblesse et dignité.

Huit jours après, le cousin Georges arriva à Passy. C'était un beau jeune homme à la physionomie pleine de courage et de franchise. Il ne s'attendait certes pas à se trouver en si charmante compagnie, car, en entrant au salon où Marie faisait une page d'écriture sous la direction de sa mère, il s'arrêta interdit et visiblement étonné. Ce groupe charmant gagna sans doute sa sympathie dès le premier abord; il serra cordialement la main de M^me Flavien et fit sauter dans ses bras la petite Marie.

L'enfant fut bien vite à son aise avec lui. Au bout d'une semaine, le cousin Georges était de la famille. Sa gaieté expansive, un esprit fin et distingué, joint à une grande bonté, lui valurent tous les suffrages.

L'aveugle s'intéressait aux récits de sa vie d'Afrique; M^me Flavien lui savait gré des attentions dont il entourait le vieillard; quant à Marie, il était tout simplement pour elle le plus agréable compagnon de jeux que jamais petite fille ait rêvé sous la forme d'un grand cousin. Elle grimpait sur son dos, lui tirait la barbe, se faisait raconter toutes les histoires imaginables de loups, de fées, d'enfants sages et méchants, se promenait avec

lui au jardin et le remerciait par d'heureux
sourires de la bonne grâce avec laquelle il
se prêtait à toutes ses fantaisies.

Sous l'apparence de calme félicité dont
semblait jouir la famille Flavien, couvait
pourtant un de ces terribles orages qui bri-
sent souvent toute une destinée.

Georges avait vécu jusque là de la vie
agitée des camps. Les combats, la liberté,
une nature grandiose, l'honneur du drapeau
régnaient sans partage sur son âme.

Jamais encore il n'avait entrevu la vie de famille dans ce qu'elle a de touchant et de saint.

Le foyer paternel était pour lui une
ombre à demi effacée dans un passé loin-
tain; de sœur, il n'en avait point; sa mère,
il venait de la perdre; aucun lien ne le ratta-
chait à la vie; nulle part son regard ne rencontrait un autre regard tout à lui. Ses cama-
rades étaient de gais compagnons, toujours
prêts à tendre la main, à partager leur

bourse. Il n'avait jamais rêvé autre chose que
cette existence nomade pleine de périls.

Et puis, tout à coup, une femme adorable
de grâce et de beauté, une enfant charmante,
éveillèrent dans son cœur mille voix confuses
dont les germes n'attendaient pour éclore
qu'une atmosphère de confiante intimité.

Son esprit, ses pensées se transformèrent
à ce contact. Sa voix mâle et parfois un peu
dure devint plus douce, comme pour modu-
ler ses accents sur ceux qui lui répondaient;
ses mouvements perdirent la vivacité presque rude que donne la vie du soldat. Il se
prit à aimer Marie d'une affection idolâtre.

Puis il leva insensiblement les yeux de
cette petite tête gracieuse et mutine qui lui
souriait avec tant de gentillesse, vers ce
visage, jeune aussi, mais tout empreint d'une
sérieuse poésie et sur les traits mobiles duquel rayonnaient les plus nobles aspirations
de la nature humaine.

Le sentiment que lui inspirait M^me Flavien avait quelque chose de si pur que le mot
amour, dans le sens ordinaire du mot, pourrait à peine lui être donné. Elle était pour lui
l'idéal que tout homme de cœur cherche au
moins une fois dans sa vie. Son regard
confiant qui ne s'abaissait jamais devant le
sien, le faisait rêver, il est vrai, mais ces rêves si nouveaux pour lui ne jetaient aucun
trouble dans son âme. Les paroles qui tombaient des lèvres de la jeune femme en modulations harmonieuses et graves, caressaient
ses sens comme une douce musique qui en-
chante et n'enivre pas. Lorsque sa petite
main nerveuse venait à effleurer involontairement la sienne, il aurait bien voulu la
retenir au passage, mais pour la serrer avec
loyauté. Longtemps il ne soupçonna même
pas l'état de son cœur. Il se sentait heureux
et cela lui suffisait. Quelquefois seulement,
lorsqu'un mot venait à rappeler son prochain

départ, une ombre de tristesse pâlissait soudain son front et un brusque mouvement de tête indiquait qu'il essayait de secouer une pensée importune. Il n'avait plus que quinze jours à rester dans la petite maison de Passy et chacun s'efforçait de les lui rendre agréables.

M. Flavien, comme toutes les natures vraiment honnêtes, était plein de sécurité et jouissait en paix de l'animation que l'arrivée de Georges avait apportée dans la famille. L'intimité qui existait entre sa femme et son neveu lui semblait toute naturelle, et il eût cru faire insulte à l'honneur d'Isabelle en nourrissant l'ombre même d'un sentiment de jalousie. Les jeunes gens étaient souvent seuls et épanchaient dans le charme de ces conversations qui sont la joie du foyer domestique, toute la poésie de deux cœurs capables de comprendre le beau et de sentir vivement.

14

Georges révéla dans ces causeries une connaissance du cœur humain, une finesse d'esprit que n'eût pas fait deviner l'écorce un peu rude sous laquelle il s'était montré d'abord. Il avait beaucoup lu, observé davantage, et possédait le don si rare d'un jugement pénétrant joint à une grande bonté de cœur.

La vie de M^{me} Flavien s'était insensiblement modifiée depuis l'arrivée de son parent. Jeune elle-même, elle se sentait pour la première fois comprise et aimée par un être jeune comme elle ; sensible et passionnée, le trésor de tendresse qui couvait dans son cœur, embrasa lentement son être ; des aspirations, confuses d'abord, poignantes plus tard, lui donnaient comme le pressentiment d'émotions dont elle ignorait auparavant l'existence ; une langueur inexprimable s'emparait parfois d'elle et son sommeil était agité par des rêves qui troublaient davantage encore son réveil.

Elle ne s'abandonna pas lâchement à cette transformation de sa nature dont elle n'osait s'avouer tout haut la cause, mais qu'elle ne comprit que trop bien. Elle essaya d'être plus réservée avec Georges, mais la familiarité du jeune homme était si respectueuse qu'il eût été impossible de l'éloigner d'elle sans le froisser. D'ailleurs il allait partir et peut-être retrouverait-elle alors la paix.

Elle chercha donc à se distraire en s'occupant davantage de son enfant et en entourant son mari de soins plus empressés, comme pour racheter le tort de n'être plus heureuse. Mais les caresses de Marie ne suffisaient plus à son bonheur. Il y avait dans son âme un vide que les sourires de l'enfant ne pouvaient combler. Isabelle commençait à vivre de la vraie vie de la femme, et cette vie, c'était désormais l'épreuve, l'éternel silence.

Tandis que ces pénibles combats se livraient dans son cœur, rien ne trahissait le douloureux effort de sa noble nature pour que personne ne souffrît à cause d'elle. Il y avait dans sa manière d'être quelque chose de plus grave : c'était tout.

Un soir, tout en marchant avec M^{me} Flavien dans les allées à demi-couvertes de feuilles mortes, le regard de Georges s'arrêta tout à coup sur le ciel empourpré des dernières lueurs du soleil couchant.—Que c'est beau, dit-il, et comme il doit faire bon sur la colline là bas! J'aime la fin du jour. La pensée s'élève plus haut à mesure que cessent le mouvement et le bruit. Le crépuscule, avec ses demi-teintes mystérieuses, a je ne sais quel charme qui m'attire. Ne voulez-vous pas venir faire une promenade dans les champs ? l'air est si doux et vous êtes un

peu pâle depuis quelques jours, ajouta-t-il
avec un ton de tendre sollicitude; marcher
vous fera du bien.

— Soit! répondit M<sup>me</sup> Flavien. Et, sortant du jardin, elle entra la première dans
un sentier étroit qui s'ouvrait devant elle.

Georges la suivit. Il remarqua que la jeune
femme avait dans la démarche quelque chose
de languissant qui ne lui était pas habituel.
Sa jolie tête s'inclinait comme sous le poids
d'une pensée douloureuse. Elle marchait sans
parler et son pas était plus rapide que d'ordinaire par moments, plus lent et presque
pénible à d'autres. Les tardives fleurs d'automne, dont les haies étaient encore parées
n'attiraient pas son regard; le chant d'une
fauvette qui répétait dans les bosquets son
doux refrain d'amour, restait sans écho auprès
d'elle. Pourtant elle aimait les fleurs, elle
aimait les oiseaux, Isabelle.

Un mouvement de frisson qui la décida à

14.

s'envelopper plus étroitement dans la man-
tille de laine qui couvrait ses épaules, fit tressaillir Georges.

— Avez-vous froid? lui demanda-t-il d'un
ton mélangé d'inquiétude et de tendresse.

— Non, répondit-elle, ce n'est rien. Marchons, marchons toujours.

Et elle continua à s'avancer d'un pas plus
précipité.

Georges la suivit sans rien dire.

Tout à coup, du fond de la vallée, s'éleva,
doux et lent, le son d'une cloche lointaine. La
voix grave de l'airain semblait répondre aux
battements sourds de son cœur. Son regard
triste et rêveur se dirigea vers la chapelle dont
le clocher seul dominait la cime des grands arbres; les muscles de son visage, légèrement
contractés par une émotion secrète qu'elle
s'efforçait de cacher, donnèrent à sa belle
physionomie une expression presque douloureuse, et deux grosses larmes, rebelles à

sa volonté, roulèrent lentement sur ses joues pâlies.

Georges vit ces larmes. En une seconde, les mains de la jeune femme furent dans les siennes.

Leurs yeux se rencontrèrent et ce regard fut une révélation pour tous deux.

— Isabelle, dit Georges d'une voix que l'agitation rendait saccadée, Isabelle, c'est pour moi que vous pleurez, n'est-ce pas? oh, dites-le moi! — Et ses lèvres couvrirent de baisers les mains de la jeune femme.

Elle les retira avec une douce violence et ne répondit pas.

— Je vous aime, dit-il, et vous m'aimez aussi, n'est-ce pas?

Ses yeux se fixèrent sur lui avec un regard de tendre reproche.

— Pourquoi ne pas me dire ce mot, puisque je vais partir et que nous ne nous reverrons jamais?

Elle tressaillit.

— Oh! ne craignez rien, dit-il. Je sais que vous êtes une de ces âmes d'élite qui savent mourir de douleur, s'il le faut, mais qui ne faillissent pas. Pardonnez-moi d'avoir parlé. Il y a un instant encore je ne m'étais jamais avoué que je vous aime ; ces larmes tombées de vos yeux m'ont révélé ce qui, depuis longtemps, se passe dans mon cœur. La destinée qui nous a rapprochés a été cruelle. Nous avons appris à nous connaître pour nous dire un adieu éternel.

Isabelle se taisait toujours.

— N'est-ce pas, continua-t-il d'un accent qu'il tâchait de rendre ferme et que l'émotion brisait par moments, n'est-ce pas que vous penserez quelquefois à moi quand je serai parti?

Vous avez été pour moi une révélation de la femme. En vous voyant si bonne pour le vieillard auquel votre pauvre jeunesse est

enchaînée, j'aurais voulu vous appeler ma
sœur; en vous voyant belle et gracieuse à
côté de cette charmante enfant qui vous ressemble, je me suis dit qu'il manque à côté de
vos deux fronts une tête, jeune aussi, mais
toute virile, et je vous ai plainte ; maintenant que je sais tout, malgré votre silence, je
vous adore.

L'affection filiale, l'amour maternel ne
vous suffisent pas ; vous êtes femme, et il
vous faut l'amour !...

Et ses mains s'emparèrent fiévreusement
de celles de M^me Flavien.

Une pâleur mortelle couvrit le visage d'I-
sabelle ; elle détourna la tête et quelque chose
comme un sanglot étouffé sortit de sa poitrine.

Georges sentit qu'il était aimé. Ses lèvres
frémissantes effleurèrent le front de la jeune
femme.

Elle se redressa avec un effort presque
convulsif et s'arracha à son étreinte.

— Georges, dit-elle lentement; je suis mère.

Le jeune homme recula en silence et la passion brûlante qui avait un instant lui dans ses yeux, s'évanouit sous le regard empreint d'une poignante tristesse que rencontra le sien.

— Il y a des heures, continua-t-elle, où, pour être fort, il faut envisager la destinée face à face et avoir le courage de reconnaître la vérité.

Aimer n'est pas un crime; sacrifier le devoir à l'amour, voilà la honte. Je serai sincère. Oui, je vous aime, et je sens aussi que vous m'aimez. Mais nous ne pouvons rien être l'un pour l'autre. Partez, mon ami. On n'est jamais seul, lorsque l'honneur vous accompagne. Vous souffrirez, je le sais, mais vous êtes homme et votre première pensée ne doit pas être pour l'amour : elle appartient à la patrie. La France a besoin de nobles cœurs ; servez-là en brave soldat et en bon citoyen. Vous penserez à moi souvent, mais sans amertume, n'est-ce pas? Il ne faut pas que ce pauvre amour que Dieu ne veut pas, assombrisse votre vie !

Sa voix était si douce, l'expression de son visage avait une telle grandeur dans la tristesse, qu'il baissa involontairement la tête devant ce pâle front de femme plus vaillant que le sien.

— Plus tard, ajouta-t-elle, lorsque le temps aura rendu le calme à nos cœurs et que nous ne maudirons plus la fatalité qui nous sépare, plus tard — et ses lèvres tremblèrent en prononçant ces mots — vous me direz merci de vous avoir conservé votre propre estime, et moi je vous bénirai de m'avoir laissée digne de baiser chaque soir le front pur de mon enfant.

Et elle lui tendit la main.

La nuit tombait et le vent du soir répondit

seul à M<sup>me</sup> Flavien. Mais le serrement de main que lui donna Georges, fut le plus élo-quent des langages.

Tous deux reprirent à pas lents le chemin de la maison.

Marie les attendait à la porte du jardin et ses petits pieds trépignaient d'impatience.

En les voyant arriver, elle courut à leur rencontre, s'écriant de loin déjà : — Comme il est tard! petite mère, j'ai eu peur!

Et en une seconde ses bras potelés entou-rèrent le cou de sa maman.

Georges resta à l'écart.

M<sup>me</sup> Flavien serra sa fille sur son cœur.

Étreinte douce et poignante à la fois! à cette enfant qui était son seul trésor ici-bas, elle venait de sacrifier ce cri du cœur qui s'appelle l'amour!... l'amour, sans lequel la vie de la femme, quoi qu'elle fasse, est tou-jours une vie de solitude!

Le salon était éclairé comme d'habitude.

Bientôt on fut assis autour de la table ronde. M. Flavien s'endormit dans son fauteuil. Marie regardait des images. Les doigts distraits de Georges feuilletaient un album. M^{me} Flavien travaillait à sa tapisserie. Sa tête baissée sur le métier, laissait voir la courbe gracieuse de la nuque sur laquelle flottaient quelques mèches de cheveux bouclés.

Tout à coup Marie s'empara d'une paire de ciseaux. En un instant, une mèche de ses cheveux tombait sous le fer et, avant que M^{me} Flavien eût le temps de l'empêcher, une de ses petites boucles à elle avait rejoint sur la table la boucle blonde de l'enfant. Puis la petite s'approcha doucement, sur la pointe de ses pieds mignons, du vieillard endormi et dépouilla sa tempe de quelques cheveux argentés.

M^{me} Flavien regardait son ouvrage sans rien dire, mais Georges avait levé les yeux.

— Cousin, dit la petite fille, papa et maman ont tous deux des médaillons avec les cheveux de ceux qu'ils aiment. Toi, tu nous aimes aussi, n'est-ce pas? et tu vas partir. Ton grand médaillon avec lequel je joue quelquefois, est presque vide; il n'y a que quelques cheveux que tu m'as dit être ceux de ta mère. Prends ceci et ajoutes-y les nôtres. En les voyant là-bas, en Afrique, tu seras forcé de penser à nous !

Et elle lui tendait les trois mèches entrelacées.

Avant de les prendre, Georges interrogea u regard M^me Flavien. Ses yeux lui dirent qu'il pouvait accepter.

— Merci, dit-il. Et ce merci s'adressait autant à la femme qu'à l'enfant.

Quinze jours après, il était prêt à partir.

Marie à ses côtés, il faisait une dernière fois le tour du jardin, songeant tristement qu'il allait quitter pour jamais le toit hospitalier où il avait rencontré tant d'affection.

Au détour d'une allée, M^me Flavien se trouva devant lui.

Elle tenait à la main une pervenche, chétive fleur que l'automne n'avait pas encore flétrie et dont la corolle pâle était humide de la rosée du matin. Cette fleur, elle venait de la cueillir pour lui.

En voyant arriver sa mère, Marie s'était échappée pour courir au pigeonnier.

M^me Flavien tendit la fleur au jeune homme. Sa main tremblait.

Il prit doucement la pervenche et y déposa un baiser.

— Merci, dit-il en levant les yeux vers la femme aimée.

Et son regard acheva ce qu'il n'osait pas dire.

— Soyez heureux, Georges, ajouta-t-elle d'une voix que l'émotion rendait plus douce et plus vibrante. Adieu.

Une heure après, Georges quittait la petite maison de Passy.

Marie pleurait. M. Flavien était ému.

Au moment où le jeune homme lui serrait la main : — Georges, lui dit-il, j'ai appris maintenant à te connaître et à t'aimer. Je suis vieux et infirme ; si je meurs, ces deux chers êtres-là n'auront personne pour les protéger ; ils seront seuls au monde.

Si tu n'es pas tué pour la sainte cause de la patrie, promets-moi que tu seras un frère pour ma femme, un second père pour mon enfant !

Georges hésita une seconde.

Un éclair de joie fugitive illumina son visage bronzé. Sans regarder M^me Flavien qui tenait les yeux baissés, il répondit en serrant la main du vieillard : — Je les aimerai toute ma vie, et si vous mourez je ne les abandonnerai jamais. Adieu.

Seul dans le wagon qui l'emportait, il tira

de son portefeuille une fleur à demi fanée.
C'était la pervenche d'Isabelle. Il la regarda
longtemps, bien longtemps, puis ces mots
sortirent avec effort de sa poitrine : la rever-
rai-je jamais ?

# LA CROIX D'OR

# LA CROIX D'OR

J'aime notre antique Bretagne avec sa poésie grandiose.

Ses paysages tristes qu'enveloppent encore les ombres du passé, le mystère de ses forêts, ses rochers sauvages battus par la tempête m'appellent là-bas dès que le printemps fait éclore ses premières fleurs.

J'y vis heureuse jusqu'à l'automne, au milieu des braves paysans pour lesquels mon retour est une fête, retrempant ma pensée dans la solitude et les saines émotions que donne la grande nature.

Un soir, à cette heure où la rêverie est si douce, je me reposais sur la bruyère, regardant au loin la ligne verdâtre que l'Océan dessine à l'horizon.

Tout près de moi, mon village cachait à demi ses chaumes rustiques entre les ifs sombres dans lesquels la brise de mer, avec ses mille voix confuses, redit tout bas les vieilles légendes de la grève.

Un dernier rayon de soleil s'éteignait dans l'espace. Déjà la brume s'élevait lentement dans les contours capricieux de la colline vers laquelle j'avais dirigé mes pas, et la nuit allait descendre sur la terre.

Je rêvais toujours. A quoi pensais-je? Je ne saurais le dire!.... il est si doux parfois d'écouter les battements de son cœur, sans lui demander pourquoi il s'agite et travaille.

La pensée n'est-elle pas mystérieuse comme l'infini dont elle émane !

Je me levai.

Machinalement peut-être, je m'avançai vers le sommet de la colline, au lieu de reprendre le sentier qui me ramenait chez moi.

Une légère fumée sortait d'une cabane. Ma main frappa contre une vitre à demi brisée, et une voix cassée par l'âge, mais où étaient restées quelques-unes de ces modulations de l'âme qui trahissent les souffrances dont on a vécu, m'invita à franchir le seuil hospitalier.

— Bonsoir, mère Jeanne, fis-je en entrant.

Et je lui tendis la main.

— Comment, madame, vous ici à cette heure ! que vous êtes donc bonne de visiter la pauvre vieille solitaire ! Tenez, toute la journée, je n'ai causé qu'avec mon rouet : vo-

tre présence va me réchauffer le cœur. Vous
ne craignez pas de rester un peu, n'est-ce
pas ? Il y aura clair de lune ce soir ; le château
n'est pas loin et je vous reconduirai un bout
de chemin, jusqu'au sentier qui mène à la
grande avenue. Le pays est sûr ; il n'y a que
des braves gens ici ; les Bretons ont la tête
dure, mais le cœur bien placé.

La bonne Bretonne me fit sourire.

Je détachai mon chapeau et m'assis près
de l'âtre où se consumaient quelques poi-
gnées de sarment. Sur ces hauteurs, la soirée
est fraîche et puis, comme dit la mère Jeanne,
un feu bien clair, c'est un compagnon !

— Voulez-vous du lait ! s'écria la brave
femme toute heureuse de pouvoir m'offrir
quelque chose dans sa pauvreté. Je viens de
traire mes deux chèvres et j'allais souper
moi-même. Tenez, ajouta-t-elle en ouvrant
la huche, voici du pain ; il est tout frais ;
vous le tremperez dans votre lait. Je ne

possède pas autre chose, mais le peu que j'ai
sera partagé avec vous de bon cœur.

— Merci, mère Jeanne; j'accepte volontiers. A propos, j'ai été à la ville hier; en
passant devant les magasins de la grand'-
rue, j'ai vu d'excellentes étoffes qui me paraissaient bien chaudes. J'ai choisi une fla-
nelle grise pour me faire une robe d'hiver et,
pensant qu'il doit faire encore plus froid là-
haut qu'en bas au château, j'en ai pris une
pour vous aussi, mère Jeanne. Vous viendrez
la chercher un de ces jours, n'est-ce pas? Il
y a encore des raisins à la treille et des pê-
ches à l'espalier; nous trouverons bien
moyen de remplir un panier que vous em-
porterez le soir. Pierrot, le petit pâtre, gardera vos chèvres et vous passerez une bonne
journée avec moi. C'est dit, je vous atten-
drai jeudi prochain.

La vieille mère me regarda en silence.
Ses yeux brillaient; je ne sais trop si c'était

la joie ou quelque larme furtive qui faisait
trembler ses paupières. Sa main brune et
maigre s'avança vers moi, et elle me dit en
se détournant pour que la flamme de l'âtre
n'éclairât pas son visage : « Vous êtes bonne
au pauvre monde, vous... allez, le bon Dieu
ne laisse jamais rien sans récompense ; il
vous bénira pour tout ce que vous faites de
bien à la vieille Jeanne.

Et, souriant à demi, elle s'écria en ra-
menant sous son bonnet breton quelques
mèches blanches égarées sur son front :
« Mes chèvres ont de l'herbe fraîche ; je n'ai
plus rien à faire ; mon rouet est vide ; je suis
au bout de mon fuseau. Buvez d'abord votre
lait et puis, causons un peu.

— C'est étrange, ajouta-t-elle comme en
se parlant à elle-même, quand vous êtes là,
il me vient toutes sortes de pensées au cœur ;
il me semble que mon esprit s'ouvre et que
je parle un langage, hélas ! bien vite oublié,

lorsqu'après votre départ, mon foyer redevient silencieux et désert. Je ne pense ainsi que dans les moments où je m'entretiens avec vous ou avec celui qui n'est plus. »

Un nuage passa sur son front et un soupir à demi étouffé s'échappa de ses lèvres entr'ouvertes, comme pour ajouter un mot qu'elle n'osait finir.

J'observai sa tristesse et, pour la dissiper : « Mère Jeanne, fis-je en trempant mes lèvres dans une coupe de faïence grossière, mais qui reluisait de propreté, mère Jeanne, votre lait est délicieux et il y a longtemps que je n'en ai bu d'aussi bon.

Elle ne m'entendit pas ; son cœur était ailleurs. Tout à coup elle parut se réveiller d'un songe ; un peu interdite d'avoir oublié ma présence, elle se mit à réunir les tisons épars et je vis, à la clarté de la flamme ravivée, son visage pâle et ému. Sa tristesse me gagna : — Chère Jeanne, lui dis-je, vous m'avez connue enfant; je vous respecte et je vous aime; Dieu ne veut pas que nous souffrions seuls; laissez-moi vous consoler.

— Ce n'est rien !... le souvenir du passé a traversé ma pensée... j'ai songé à ceux qui m'ont quittée pour le pays bien heureux dont on ne revient pas.

— Eh bien, ce passé, faites-le revivre en le confiant à une amie. Pourquoi l'ensevelir dans votre âme ?.. Ne cachez pas ces pleurs, ils sont un pieux hommage rendu à ceux que vous avez aimés...

— A quoi bon ! s'écria-t-elle en secouant tristement la tête... et pourquoi évoquer les sourires de la jeunesse, moi qui n'ai plus que des rides au front ! Cette voix qui tremble en vous parlant comme la flamme d'une lampe dont l'huile vient à manquer, ne saurait plus raconter les joies de vingt ans...

— Mère Jeanne, je vous en prie...

— Vous le voulez ? eh bien, soit ....

« Mon père était un pauvre instituteur de village. Il resta veuf à trente ans, avec deux enfants à nourrir. Nous demeurions en bas dans la plaine. Doux et grave, il traversait la vie en semant sur son aride chemin de bonnes paroles et d'utiles leçons. Je ne comprenais pas alors pourquoi son regard était souvent triste en s'abaissant sur moi ; je ne l'ai senti que plus tard lorsque, devenue jeune fille, je cherchai en vain autour de moi la voix d'une mère.

Il travaillait tout le jour et quelquefois la nuit. Les paysans du hameau l'appelaient leur ami. Nous avions à peine de quoi vivre. Hélas ! madame, le laboureur qui sème son blé dans les champs et le confie à la Providence, récolte au centuple le trésor enfoui dans la terre !... et cet autre laboureur qui jette dans les consciences la semence de la vérité et dans les intelligences celle de la justice, c'est à peine si les hommes lui donnent

du pain pour nourrir ses enfants, dans nos
campagnes. Mais qu'importe, Dieu est bon!...
et c'est pour lui que l'on travaille!... Une
jeunesse honnête et laborieuse, de bons pères
de famille... des mères dévouées, voilà la
moisson du pauvre instituteur qui a été fidèle
dans son ministère, le jour où il s'aperçoit
que ses cheveux ont blanchi et que les enfants d'autrefois sont devenus des hommes!...

Nous étions pauvres, mais heureux. L'a-
mour et la paix du cœur nous faisaient trouver notre pain noir délicieux.

J'avais un frère plus jeune que moi; il se
nommait Victor. Le petit innocent était maigre et pâle; il toussait souvent. Nous lui
donnions, matin et soir, du lait de chèvre
pour le guérir, mais il vint une année où
nous l'ensevelîmes avec les dernières feuilles
d'automne, et la neige qui couvrit son tombeau, ne laissa bientôt voir que le sommet de

la croix que nous y avions plantée un matin
en pleurant.

Nous ne fûmes pas les seuls à verser des
larmes sur son cercueil. Victor avait eu un
camarade, plus âgé que lui de quelques
années, qu'il aimait comme un frère et que
mon père chérissait comme un fils. C'était
un enfant trouvé, recueilli au pied d'un arbre
par des moissonneurs qui allaient lier leurs
gerbes au mois d'août. On l'avait rapporté
au village; le maire de la commune lui avait
servi de parrain, et un fermier compatissant
s'était chargé de son entretien jusqu'à ce
qu'il fût en état de gagner sa vie.

Depuis l'âge de six ans, André venait assister tous les jours aux leçons de mon père
qui, découvrant en lui une rare intelligence,
avait pris de son éducation un soin tout particulier.

Le pauvre enfant s'était ainsi attaché à
nous comme à une seconde famille. Il pas-

sait souvent des journées entières à la maison, et les attentions dont il entourait alors notre cher malade, avaient quelque chose de touchant. Sa nature pleine de vie et de feu s'adoucissait comme par magic dès qu'il approchait du fauteuil où reposait mon frère ; pour lui, il sacrifiait ses goûts, ses penchants, et restait là des heures, immobile, attentif à ses moindres désirs, se pliant à tous ses caprices sans jamais témoigner le moindre ennui, la plus légère impatience.

On eût dit qu'il sentait que le pauvre adolescent n'avait pas longtemps à vivre, et qu'il voulait lui rendre doux au cœur ses derniers jours d'ici-bas. Tantôt il lui rapportait de ses promenades quelque fleur rare qu'il était allé cueillir entre les fentes des rochers, en se cramponnant des deux mains pour atteindre jusque là ; puis, c'était un rossignol qu'il avait soigneusement transporté avec sa jeune couvée jusque dans notre

jardinet afin que son chant rappelât à Victor
l'harmonie des forêts solitaires où chantent
à l'envi les petits musiciens du bon Dieu.
Si un rayon de soleil apparaissait à la fenêtre, vite il roulait le fauteuil du malade devant la croisée; s'il faisait froid, il l'enveloppait avec précaution pour le garantir du
vent. Si nous aimions André comme un
frère, c'est qu'en effet André était un frère
pour nous.

A la mort de Victor, André avait seize
ans et moi quinze. Mon père désirait en faire
un instituteur comme lui, mais André ne se
sentait aucune vocation pour cette carrière.

Tout petit déjà, il répétait à ceux qui lui
demandaient ce qu'il deviendrait un jour :
— Je serai marin.

Et ce goût pour la vie aventureuse des
flots n'avait fait que se développer en lui
avec l'âge. L'air âpre de nos côtes semblait
avoir infiltré dans ses veines cette passion

pour la mer qui enfanta de tous temps
parmi les fils de notre vieille Bretagne une
race de navigateurs. Je l'ai vu parfois assis
sur la plage, la tête appuyée sur ses deux
mains, se perdre dans de longues extases.
Que c'est beau!... que c'est immense!...
tels étaient les mots qui s'échappaient de
ses lèvres. Et son regard suivait la vague
capricieuse qui venait baigner ses pieds; sa
pensée accompagnait les oiseaux voyageurs
qui cherchent au loin la patrie de leurs
amours. Puis il s'entretenait longuement
avec les pêcheurs de la côte, et ses yeux
brillaient d'enthousiasme au récit de leur
vie qui a pour point d'appui une barque et
pour gouvernail la main de Dieu.

Un soir, il vint à la maison. Il était en
habit de mousse.

— Jeanne, me dit-il, je pars demain; je
viens vous dire adieu.

Sa voix tremblait un peu. Il me regarda

comme pour ajouter quelque chose encore.

— Adieu !... que Dieu vous garde ! fis-je
en me détournant pour ne pas pleurer.

Nos doigts entrelacés se séparèrent, et il
entra dans la chambre de mon père. Il y
resta près d'une heure. Quand il en sortit, je
m'étais cachée derrière la haie du jardin pour
le voir encore une fois. J'étais ensevelie sous
un chèvrefeuille en fleurs. Il ne se douta pas
de ma présence. Je vis qu'il avait les yeux
rouges.

Je portais au cou une petite croix d'or que
mon père avait donnée à ma mère le jour
de ses noces. Je fis mal sans doute, car je
n'aurais pas dû m'en séparer. Que voulez-
vous ?... ce fut plus fort que moi. Quand il
se trouva à deux pas de moi, je la détachai
de ma poitrine et la laissai tomber sur la
poussière de la route, à ses pieds. Il l'aperçut. Sa main la ramassa avec une joie tremblante, et ses yeux qui me cherchaient sans

doute, semblaient me dire : Est-ce bien vrai ?

Mon front apparut un instant entre les branches du chèvrefeuille. Je n'osais plus parler.

Ses lèvres effleurèrent la croix... « Elle me portera bonheur, fit-il en baissant la voix... elle me fera revenir... Dieu veille sur les flots comme sur l'herbe de la colline... Adieu !... »

Les branches du chèvrefeuille se rejoignirent. Je ne vis plus rien. Il était parti et mes vœux l'accompagnaient au loin.

Quatre années s'écoulèrent. Nos horizons n'étaient plus ceux d'André et, à de longs intervalles seulement, quelques mots du cœur, tracés sur une page blanche, venaient dire à mon père qu'il nous aimait toujours. Le nouveau marin faisait son devoir; il était estimé de ses supérieurs ; tout allait bien.

Quant à moi, je grandissais et je devenais

forte comme un jeune chêne. « Tu ressembles à ta mère, » s'écriait souvent mon père en lissant mes cheveux noirs, et dans ces moments mon cœur bondissait d'aise, car j'avais entendu parler maintes fois de la beauté de celle dont la mort avait laissé à notre foyer une place vide à jamais. L'enfant se transformait en femme et les jeunes gens du hameau commençaient à se parler bas en me regardant passer dans les sentiers.

Lorsque j'allais chercher de l'eau à la source et que je me penchais en avant pour remplir ma cruche jusqu'au bord, l'onde transparente réfléchissait mon image, et je rougissais, sans le vouloir, devant cette ombre de moi-même que je ne pouvais m'empêcher de trouver gracieuse et jolie.

Je puis dire cela maintenant, ajouta la vieille femme ; ma beauté s'est bien vite flétrie, aussi vite que mon bonheur.

Et elle m'adressa un doux sourire.

Un matin, je cueillais des cerises au jardin. C'étaient les premières de la saison. Je les arrangeais avec coquetterie dans mon panier d'osier; elles devaient orner, le soir, la table de mon père. Je n'eus pas plus tôt réuni un bouquet de cerises dans ma main gauche, tandis que de la droite je continuais ma récolte, que mon père apparut soudain devant moi.

— Eh! fillette, s'écria-t-il, je te surprends mal à propos, si j'en juge par le coin de cette petite bouche qui a l'air de me gronder d'être venu. Ne te dérange pas; je m'en vais, mais quand tu auras fini ta besogne, rejoins-moi dans ma chambre, j'ai quelque chose à te dire.

J'y courus, en effet, dès que j'eus terminé ma cueillette.

— Jeanne, fit-il en me prenant la main avec une tendresse grave, Jeanne, mon enfant, tu as dix-neuf ans; c'est l'âge où les jeunes filles commencent à entendre une nouvelle voix dans leur cœur... cette voix ne t'a-t-elle rien dit jusqu'ici?...

Je devins plus rouge que mes cerises.

— Tu ne réponds pas. Écoute, je suis chargé d'un message pour toi. M. Dubois, le riche cultivateur de Marmiers, a été ici hier ; il m'a demandé ta main pour son fils. Alfred Dubois est jeune ; c'est un honnête homme et il t'aime. Interroge ton cœur, c'est lui seul qui doit dicter ta réponse.

Je ne sais ce qui se passa en moi. D'un mot, je pouvais devenir riche, et je n'hésitai pas.

Je jetai simplement mes deux bras autour du cou de mon père.

— Garde-moi auprès de toi, lui dis-je, je ne veux pas te quitter.

— Tu ne l'aimes donc pas?

Je secouai lentement la tête en baissant les yeux.

— Allons !... s'écria-t-il tout joyeux, n'en
parlons plus ; ce n'est pas moi qui me plain-
drai de conserver mon trésor.

Et il me serra dans ses bras.

— Tu as raison, ma fille, mieux vaut être
pauvre avec ceux que l'on aime que riche
sans les joies du cœur. Laissons ta petite
âme s'éveiller doucement à la vie ; un jour
peut-être elle dira oui à quelqu'un.

— Oh non ! je resterai auprès de toi ; je
n'aimerai jamais que toi... jamais, jamais !...

— Prends garde, fillette, un jour arrivera
peut-être où tu diras à un autre que moi :
toujours, toujours... et ton vieux père n'en
sera pas jaloux, car il aura deux enfants au
lieu d'un.

Il ne fut plus question de ce mariage. Nous
continuâmes notre vie habituelle, heureux
comme des hirondelles qui retrouvent leur
nid au printemps et s'y nichent pour longtemps.

L'automne arriva. Le 10 octobre, on célébrait la fête du village, une vraie fête de famille dans nos paisibles campagnes.

Après le service divin, les jeunes gens en vestes neuves, les jeunes filles avec leurs bonnets blancs et leurs fichus bretons, allaient par groupes au bois où l'on dansait sur l'herbe au son joyeux des airs du pays. Les vieux arrivaient plus lentement, devisant le long de la route sur les jours, hélas ! trop vite écoulés, de leur propre jeunesse, et contemplant d'un même et tendre regard les têtes brunes et blondes des enfants du hameau.

Je me rendis à la fête au bras de mon père. De tous côtés, les fronts s'inclinaient sur notre passage. Je vis les yeux fixés sur moi ; j'entendis des mots prononcés un peu trop haut sans doute et qui arrivaient jusqu'à mon oreille sans qu'on le voulût.

— Elle est bien jolie !... disaient les uns...

c'est tout le portrait de sa mère !... ajoutaient les vieillards... on assure qu'elle vient de refuser un superbe mariage, faisait un troisième...

Mon père et moi nous continuions notre promenade, lui, adressant ci et là des mots affectueux à ceux qu'il rencontrait ; moi, serrant la main à mes compagnes, lorsque la foule s'écarta soudain pour livrer passage à un beau et grand jeune homme en habit de marin.

— André!... ce nom s'échappa de mes lèvres, et, en une seconde, je pâlis et rougis tour à tour.

Mon père lui tendit la main.

Il la serra vivement, mais son premier regard fut pour moi.

— André, fit mon père, voici une sœur qui ne t'a point oublié.

— Jeanne, serait-il vrai?

— Comment aurais-je pu oublier celui que Victor a tant aimé!...

Et je baissai les yeux pour n'en pas dire davantage.

Nous nous éloignâmes par le premier sentier venu. Il était étroit. Mon père allait en avant; je marchais derrière lui. André cueillit une branche de houx sur son passage. Il me la tendit; je l'attachai à mon corsage.

— Ce n'est plus la saison du chèvrefeuille, fit-il presque bas, mais la saison des souvenirs est éternelle.

Il nous raconta ses voyages. Je le regardais à la dérobée. Il avait l'air plus mâle et plus grave qu'autrefois; sa voix vibrait avec plus d'énergie, mais ses yeux noirs étaient toujours aussi doux, et une nuance que je ne savais définir les rendait plus charmants encore.

Que vous dirai-je?... à partir de la fête

des houx, je le revis chaque jour pendant près de six semaines. Sa présence faisait ma joie ; j'étais triste loin de lui.

Mon père avait reçu une lettre de son capitaine, qui estimait bien haut son intelligence et sa bonne conduite ; le jeune matelot venait d'être nommé contre-maître à bord de « l'*Aurore* », et l'avenir lui montrait en perspective l'épaulette de lieutenant.

Nous étions fiers du pauvre enfant trouvé. Le brave fermier qui avait pris soin de son enfance, était mort depuis longtemps ; notre toit restait donc l'unique asile de celui qui avait d'ordinaire pour demeure un frêle navire et l'immensité des flots.

— Ah ! madame, il se passa alors quelque chose de bien étrange dans mon âme. En le revoyant, elle s'était entr'ouverte pour lui souhaiter la bienvenue, et son image s'y glissa doucement jusqu'à ce qu'elle l'eût remplie tout entière.

Un soir, j'étais assise à côté de lui sur
l'unique banc de notre jardin. Mon père
travaillait dans sa chambre et, par les fenêtres ouvertes, nous entendions le grincement
de sa plume sur le papier.

— Jeanne! que la terre est belle, dit
André en levant son beau front intelligent.

— Oh oui! bien belle, fis-je comme un
écho.

— Qu'elle doit être plus belle encore
lorsqu'on y a quelqu'un à aimer, quelqu'un
à soi, un être, un cœur que l'on possède
sans partage!... Hélas, ces joies, je ne les
connaîtrai jamais... Enfant, je n'ai pas eu
de mère!... homme, je n'aurai pas d'enfant!...

— Pourquoi?

— Parce que je suis trop pauvre pour demander à une femme aimée de partager ma
destinée et qu'elle rougirait peut-être de
l'obscurité de ma naissance.

— Rougir de vous!

Je prononçai ce mot avec tant d'indigna-
tion et de fierté qu'André me regarda avec
un mélange de surprise et de joie.

— Vous croyez donc que, bien que je ne
sois qu'un enfant trouvé, je pourrais offrir
mon nom à la femme que j'aurais choisie, en
lui promettant de garder ce nom honnête et
pur pour le léguer à mes enfants?

— Si cette femme a du cœur, elle sera
fière de porter votre nom, car c'est celui
d'un homme de bien.

— Jeanne, c'est vous que j'aime!...

— André!

— Voulez-vous être à moi?

— Oui, et je vous aimerai de toute mon
âme.

— Oh! les méchants enfants!... voilà
comment ils décident de l'avenir sans con-
sulter leur vieux père, dit à ce moment une
voix douce derrière nous.

C'était mon père qui, appuyé contre la croisée, avait tout entendu. Je tressaillis, mais il me fut impossible de tourner les yeux de son côté. Une seconde après, j'entendis le sable crier sous ses pas. Il baisa mes cheveux et, me donnant une petite tape sur la joue : — Ne t'avais-je pas annoncé, enfant, s'écria-t-il, qu'il arriverait un jour où tu dirais à quelqu'un : toujours !...

— Prends-la, mon fils, ajouta-t-il en s'adressant à André ; tu es digne d'elle. Elle est bonne comme sa mère ; rends-la bien heureuse.

André ne répondit rien, mais sa main serra plus fortement la mienne. Je le compris.

— Père ! je suis heureuse ! père, je ne crains pas l'avenir !...

Il nous enveloppa tous deux d'un long regard d'amour.

Trois semaines plus tard, dès le matin, la

cloche du village retentit joyeusement dans la vallée.

— C'est la fille de l'instituteur qui se marie avec André, l'enfant trouvé, disaient les bonnes gens; allons prier pour eux.

Et chacun s'acheminait du côté de la petite église. On l'avait ornée de verdure pour fêter l'heureux couple qui venait prononcer devant Dieu le oui qui unit deux destinées. André portait son uniforme de contre-maître qu'il mettait pour la première fois. Moi j'étais rayonnante sous ma simple robe de mousseline blanche, et jamais je ne m'étais senti l'âme si délicieusement troublée qu'en attachant sur mes noirs bandeaux la couronne des mariées. Mon père me conduisit à l'autel. J'entendis sur mon passage un murmure flatteur auquel je pris à peine garde. Mon cœur débordait de joie; je l'écoutais battre avec force dans ma poitrine. André marchait derrière. Nous nous agenouillâmes;

le service commença. Je ne remarquai plus
rien autour de moi; une seule pensée me
dominait; je me vis devant le Dieu qui règle
les destinées et je lui confiai la garde de mon
bonheur.

Lorsqu'André eut passé l'anneau d'or à
mon doigt, je le regardai un instant, ce cher
petit anneau, emblème de nos deux vies réu-
nies et confondues en une seule, et mes yeux
s'élevant vers ceux de mon mari penché vers
moi, semblèrent lui dire : Maintenant je
suis à toi pour toujours !

Après la cérémonie, restait à signer l'acte
de mariage. Pauvre André ! il n'avait personne au monde !... les habitants du hameau
se l'étaient rappelé. Deux vieillards se détat
chèrent du groupe des assistants; c'étaien
les plus anciens et les plus honorés de la
commune. Leurs mains vénérables avaient
à peine la force de tenir une plume; ils écri-
virent en tremblant cette signature qui de-

vait sans doute être la dernière de leur vie.
A quatre-vingts ans on n'a plus guère l'espoir d'assister à de nouveaux mariages!
Après les félicitations et les embrassements,
nous rentrâmes dans notre paisible maison
d'école. Mon père nous laissa seuls avec
notre joie. J'ai su plus tard qu'il était allé
passer le reste de la journée près du tombeau
de sa femme. Avait-il voulu dire à cette
tombe muette qui renfermait ce qu'il avait
tant aimé, le bonheur de l'enfant que la
morte lui avait laissé?... Peut-être! le cœur
a des abîmes de tendresse et de douleur!

Le soir, il m'embrassa sur le front. Je
rentrai dans ma chambre. En détachant ma
couronne, mon anneau de mariage s'embar-
rassa dans les lourdes tresses de mes cheveux. André vint m'aider à l'en sortir.
Comme il baissait la tête pour mieux voir,
l'aperçus à son cou quelque chose de bril-
jant, à demi caché sous sa veste. — Qu'as-

tu là ? fis-je en portant ma main à un mince
cordon noir. Il sourit et me laissa faire. Je
sortis une petite croix d'or ; c'était celle que
je lui avais donnée le jour de son départ.

— Ne t'avais-je pas dit qu'elle me porte-
rait bonheur, s'écria-t-il entre deux baisers.
Et, la détachant de son cou, il la passa au
mien.

— Elle a servi à ta mère, qu'elle te serve
aussi. Désormais ton amour sera mon ange
gardien.

Tout l'hiver s'écoula pour nous dans une
félicité parfaite. André avait un congé de six
mois. Hélas! dans la naïveté touchante du
cœur qui ne craint rien auprès de ceux qu'il
aime, je ne songeais même pas à ce nouveau
départ. Il était là ; je le voyais sans cesse;
sa voix retentissait à mon oreille, vive et
joyeuse... tout cela suffisait à mon bonheur. L'avenir! l'avenir! il est tout entier
dans une journée, pour les jeunes époux

qui n'ont encore vu aucun nuage assombrir
le ciel de leur amour! Demain! et puis demain! et puis demain encore!... me disais-je,
et ce demain, pour moi, se nommait l'éter-
nité! Perdre son sourire! mais ne l'avais-je
pas gravé dans mon âme!... ne plus l'entendre m'appeler Jeanne! mais tous les
échos d'alentour avaient appris ce nom à
force de l'écouter!... ne plus sentir sa main
presser la mienne!... mais cette petite main,
bien à lui, frémissait comme les feuilles d'automne que balaie le vent, rien qu'au souvenir
du serrement de la veille! Non, ceux qui
sont heureux ne comptent pas les jours; ils
se bornent à murmurer dans leurs prières:
mon Dieu! mon Dieu! conserve-moi ce bonheur que tu m'as donné!...

Un matin, André entra chez moi tout pâle
et bouleversé. Il me tendit une lettre. C'était
l'ordre du départ; *l'Aurore* mettait à la
voile dans quatre jours.

Je ne prononçai pas une parole, mais je me jetai dans ses bras, éperdue et tremblante, et mon sein se souleva en sanglots convulsifs. Ce qu'il me dit, madame, je ne saurais le répéter ; les anges doivent parler ainsi là-haut ; mais ce qui est bien sûr, c'est que peu à peu le calme, la résignation endormirent l'effroi de mon âme et que, levant vers lui mes yeux mouillés de pleurs, j'essayai de lui sourire encore pour le rendre heureux jusqu'au dernier instant.

Je voulus l'accompagner au port. Il y consentit. Lorsqu'il se trouva sur le pont du navire qui allait l'emporter loin, bien loin de moi, il me prit silencieusement la main et, montrant du doigt la voûte azurée du ciel : « Jeanne, me dit-il, Dieu nous réunira... Adieu, ma bien-aimée, adieu !... » Une heure après, je voyais fuir sur la vague le frêle esquif qui m'enlevait mon trésor. Je sentis quelque chose se briser en moi ! il me

sembla que mon âme s'envolait avec lui. Un
mouchoir blanc flottait encore dans l'espace.
Le mât d'un vaisseau s'éleva plusieurs fois
au-dessus des flots, dans leurs ondulations
mystérieuses... Seule sur le rivage, je pen-
chai ce front qui ne devait plus recevoir ses
baisers, et je me pris à pleurer.

Rentrée au hameau, je continuai ma vie
d'autrefois. Il n'était plus là, mais il était
toujours dans mon cœur. Et puis, étrange
illusion de l'âme humaine!... bonté suprême
d'un Dieu d'amour! aux douleurs de l'absence se mêlaient déjà l'espoir du retour, le
délire du revoir!... Oui, il en est ainsi...
toutes les joies ont leurs larmes!... toutes les
larmes ont leur ivresse!...

Hélas! Jeanne ne devait plus sourire... il
ne revint pas!...

Trois semaines après son départ, je mon-
tais de l'école dans ma chambre, lorsque
mon père me dit en passant ; « Tiens, ma

fille, voici le journal que le facteur vient d'apporter; la bande n'est pas encore détachée, je n'ai pas eu le temps de le lire; veux-tu le parcourir avant moi?

Je pris machinalement le papier. Il resta une heure sur ma table. J'avais un ouvrage à finir.

Lorsqu'il commença à faire un peu sombre et qu'il me fut impossible de voir plus longtemps les points de ma couture, je déchirai l'enveloppe du journal. A peine y eus-je porté les yeux que je poussai un cri d'horreur si poignant, si désespéré, que mon père accourut à l'instant.

Il me trouva évanouie sur le parquet. Ma main crispée tenait la feuille froissée entre ses doigts. Un coup d'œil suffit à mon père pour tout comprendre; il avait lu ces mots: « Un sinistre accident vient d'arriver sur nos côtes d'Algérie. Une tempête épouvantable a enseveli sous les flots le vaisseau « *Au-*

« *rore* », capitaine Dupré ; tout l'équipage a péri. »

Je ne me rappelle rien de cette première nuit de deuil, rien, rien qu'un vague bruit de sanglots de vieillard qui me réveillait par secousses de ma torpeur, et les mots : « Jeanne ! Jeanne ! ma pauvre enfant ! » qu'une voix brisée prononçait à mes côtés.

Pour moi, j'étais un vivant cadavre ; je n'avais ni larmes ni soupirs, rien que la pâleur et l'immobilité du tombeau.

Le lendemain, une ombre noire errait dans la maison d'école, et les petits enfants s'essuyaient les paupières en me regardant. J'aperçus bien leurs yeux bleus levés vers moi, mais mes lèvres étaient de glace et ne prononçaient pas un mot. Une main de fer me serrait le cœur.

Les jours et les nuits se passèrent ainsi. Je me sentais mourir et je bénissais la mort qui allait m'emporter dans la nouvelle patrie d'André. La terre avait perdu sa splendeur pour la pauvre veuve; le soleil, son éclat; les fleurs, leurs parfums. Je souffrais tant que j'oubliais même mon pauvre père. Lorsque je traversais la place du village pour aller à l'église, les vieillards secouaient tristement la tête en me voyant passer, et les jeunes filles se disaient à l'oreille : « Est-ce donc là la belle fiancée ! »

Non, enfants, ce n'était plus elle !

Si j'avais eu seulement un petit enfant à aimer, je l'aurais pris dans mes bras et les battements de son cœur eussent ranimé le mien... mais rien... rien !... Dieu ne m'avait donné qu'un seul trésor, et ce trésor, il l'avait redemandé à la veuve éplorée !...

Je voulus aller au bord de la mer : une voix secrète m'y poussait. Mon père partit avec moi. Je m'assis sur la plage. Oh! le ciel était si pur ! si calme! si beau !... Je tendis mon front au souffle de la brise et mon

âme lui demanda en silence : Oh! n'as-tu
pas pour moi le dernier baiser d'André? Je
me baissai vers les flots; j'écoutai, j'écoutai
encore... et mon cœur répéta : Vagues qui
mugissez, dans l'harmonie de vos chants,
n'y a-t-il pas un son, un seul qui soit l'écho
du dernier nom que les lèvres d'André ont
exhalé en se fermant pour jamais?

Et la brise resta muette, et l'onde ne répondit rien !...

Mais une voix navrante fit retentir à mes
côtés ces mots de tendre reproche : « Ma
fille, tu ne veux donc pas vivre pour moi? »

Je tressaillis et regardai mon père : il y
avait tant de douleur et d'amour dans cette
pauvre tête flétrie qui m'interrogeait avec
anxiété, que toutes les sources de mon cœur
se rouvrirent à la fois. Oh ! qu'il était
changé, le vénérable vieillard !... comme
mon malheur avait miné cette vie toute
consacrée à son enfant. Ses cheveux étaient

devenus blancs comme la neige, ses traits amaigris, sa taille voûtée.

— Père!... pardonne, m'écriai-je en me jetant dans ses bras. Dieu m'a laissé quelqu'un à aimer... je l'avais oublié... pardonne!...

Et je versai mes premières larmes depuis la mort d'André.

A partir de ce jour, je sentis le calme renaître dans mon âme. Il me tardait de racheter l'égoïsme de ma première douleur que je me reprochais amèrement, et je n'eus plus d'autre désir que de veiller sur mon vieux père. Me voyant revenir à la vie, il se ranima comme moi. Je soignais notre petite maison, j'arrangeais sa bibliothèque, j'apprêtais ses repas, qui lui paraissaient meilleurs servis par ma main. Un matin, je descendis à l'école. Ce fut une fête pour les enfants. Enfin, au bout de peu de temps, j'avais repris tous mes travaux passés, et les années ont succédé ensuite aux années sans qu'aucun changement vînt troubler le cours de mon existence.

J'atteignis ainsi mes quarante ans, et mon père s'endormit doucement dans mes bras.

Lorsque je l'eus accompagné jusqu'au cimetière, je retournai dans la maison d'école pour dire un dernier adieu à cette humble retraite, témoin de mes joies et de mes douleurs. Une semaine plus tard, un étranger y prenait la place de mon père : c'était le nouvel instituteur.

Je réunis le peu qui me restait et je montai ici, sur la colline. Vous savez le reste.

Je n'ai plus longtemps à attendre, n'est-ce pas ? fit-elle avec un sourire presque heureux ; j'irai bientôt les rejoindre !...

. . . . . . . . . . . . . . . . . . . . . . .

L'hiver me ramena à Paris. J'y reçus deux ou trois fois des nouvelles de la mère Jeanne. Elle ne pouvait plus faire grand'chose, mais

le pâtre Pierrot savait écrire et se chargeait
volontiers de venir en aide à la vieille femme.
Il mettait sa lettre à la poste et lui lisait ma
réponse. Je lui avais laissé des provisions ;
elle ne manquait de rien, et sa santé se soutenait encore.

Au retour du printemps, je m'enfuis à la
campagne pour y cueillir les premières violettes. Et puis, c'était un peu la mère Jeanne
qui m'attirait là-bas.

Par un beau jour d'avril, je me mis gaiement en chemin, mon panier au bras, songeant à la joie que j'allais lui causer. Arrivée
au haut de la colline, je cherchai en vain la
fumée qui s'échappait d'ordinaire du toit de
chaume.

Je m'approchai de la porte ; elle était fer-
mée. Je frappai contre la vitre ; elle céda
au premier effort, et je vis l'intérieur de
la cabane vide, délabré.... Personne !...

La mort a passé par là, pensai-je aussi-

18

tôt, et mon regard chercha autour de moi un être quelconque pour l'interroger.

Un petit lézard courait entre deux pierres couvertes de mousse... mais il ne pouvait rien me dire... j'attachais en vain mes yeux sur cette chaumière muette, ce foyer désert !

Tout à coup une chèvre sortit des broussailles et courut vers moi en bondissant.

— Biquette! viens ici, fit une voix d'enfant, et une seconde après, la tête bouclée du petit Pierrot apparut au-dessus de la haie.

— Oh! madame, s'écria-t-il en ôtant son bonnet de laine.

— La mère Jeanne?... l'interrompis-je, qu'est-elle devenue, mon ami ?

— Elle est morte. Voici, ajouta-t-il en tirant de sa poche un papier, voici ce qu'elle m'a donné pour vous, lorsque je suis allé la voir pour la dernière fois. « Pierrot, me dit-elle, sois un honnête garçon ; je te laisse mes deux chèvres; quand madame reviendra, tu lui remettras ceci, en lui disant que je meurs en la bénissant. »

J'ouvris le paquet ; il renfermait la croix d'or de la vieille Bretonne.

Pauvre Jeanne !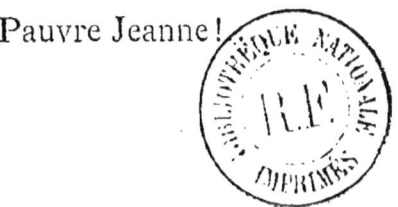

# TABLE.

1. La Rose de Menton. . . . . . . . . . . . . . . . . . 3

2. Veuve a vingt ans. . . . . . . . . . . . . . . . . . . . . . 93

3. Deux Sœurs. . . . . . . . . . . . . . . . . . . . . . . . . 127

4. Les Pervenches. . . . . . . . . . . . . . . . . . . . . 211

5. La Croix d'or. . . . . . . . . . . . . . . . . . . . . . 259

. FIN.

Imprimerie Eugène Heutte et Cᵉ, à St-Germain.

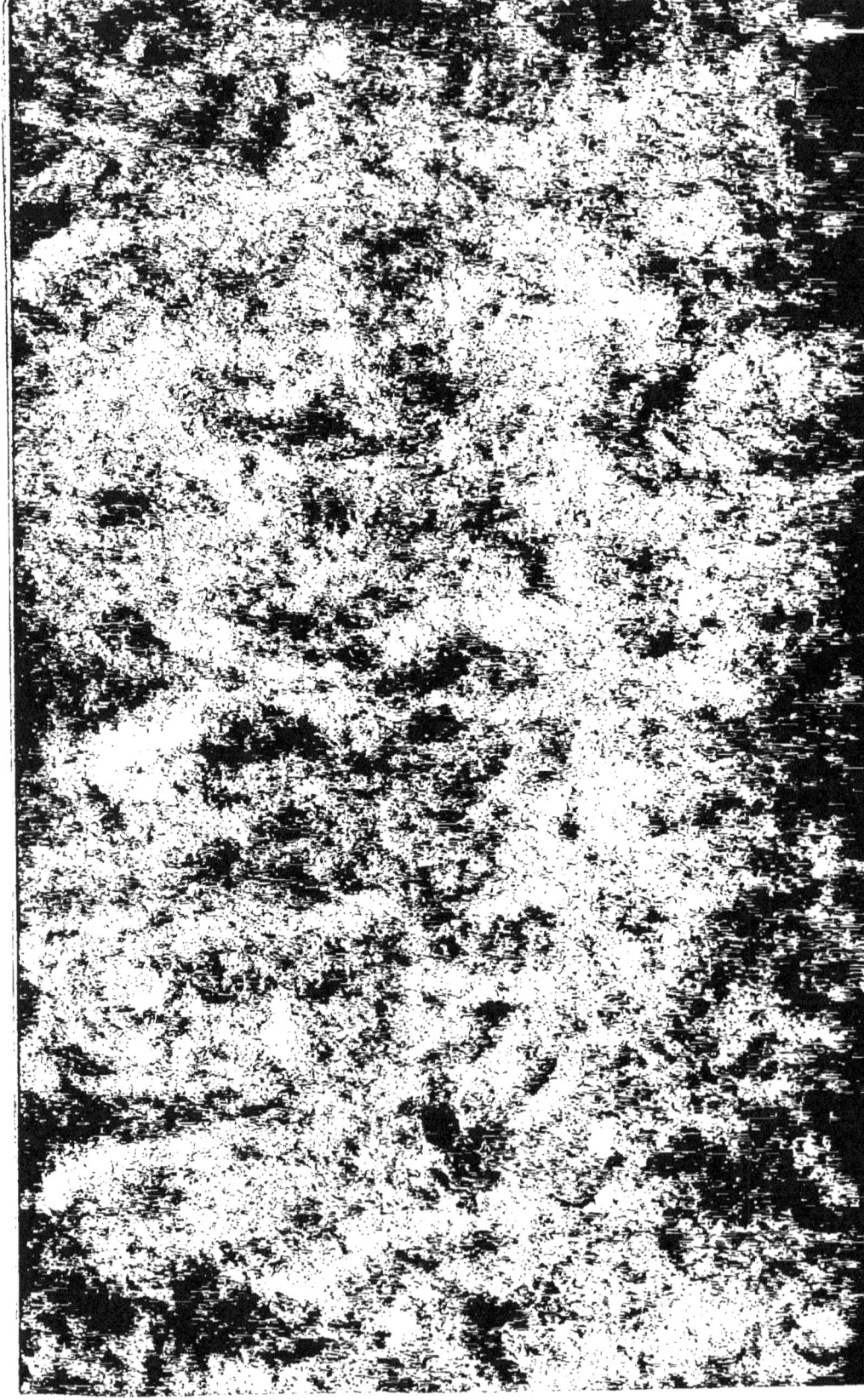

www.ingramcontent.com/pod-product-compliance
Lightning Source LLC
Chambersburg PA
CBHW072352030726
47505CB00014B/1669